·语文阅读推荐丛书·

快乐王子

[英] 奥斯卡·王尔德／著　苏福忠／译

人民文学出版社

图书在版编目（CIP）数据

快乐王子／（英）奥斯卡·王尔德著；苏福忠译. —北京：人民文学出版社，2018（2025.5重印）
（语文阅读推荐丛书）
ISBN 978-7-02-013736-7

Ⅰ.①快… Ⅱ.①奥…②苏… Ⅲ.①童话—英国—近代 Ⅳ.①I561.88

中国版本图书馆CIP数据核字（2020）第140461号

责任编辑　王　婧
装帧设计　李思安　崔欣晔
责任印制　宋佳月

出版发行　人民文学出版社
社　　址　北京市朝内大街166号
邮政编码　100705

印　　刷　北京华宇信诺印刷有限公司
经　　销　全国新华书店等

字　　数　107千字
开　　本　650毫米×920毫米　1/16
印　　张　10.5　插页1
印　　数　191001—196000
版　　次　2015年11月北京第1版
印　　次　2025年5月第38次印刷

书　　号　978-7-02-013736-7
定　　价　21.00元

如有印装质量问题，请与本社图书销售中心调换。电话：010-65233595

出 版 说 明

从 2017 年 9 月开始,在国家统一部署下,全国中小学陆续启用了教育部统编语文教科书。统编语文教科书加强了中国优秀传统文化教育、革命传统教育以及社会主义先进文化教育的内容,更加注重立德树人,鼓励学生通过大量阅读提升语文素养、涵养人文精神。人民文学出版社是新中国成立最早的大型文学专业出版机构,长期坚持以传播优秀文化为己任,立足经典,注重创新,在中外文学出版方面积累了丰厚的资源。为配合国家部署,充分发挥自身优势,为广大学生课外阅读提供服务,我社在总结以往经验的基础上,邀请专家名师,经过认真讨论、深入调研,推出了这套"语文阅读推荐丛书"。丛书收入图书百余种,绝大部分都是中小学语文课程标准和统编语文教科书推荐阅读书目,并根据阅读需要有所拓展,基本涵盖了古今中外主要的文学经典,完全能满足学生成长过程中的阅读需要,对增强孩子的语文能力,提升写作水平,都有帮助。本丛书依据的都是我社多年积累的优秀版本,品种齐全,编校精良。每书的卷首配导读文字,介绍作者生平、写作背景、作品成就与特点;卷末附知识链接,提示知识要点。

在丛书编辑出版过程中,统编语文教科书总主编温儒敏教授,给予了"去课程化"和帮助学生建立"阅读契约"的指导性意见,即尊重孩子的个性化阅读感受,引导他们把阅读变成一种兴趣。所以本丛书严格保证作品内容的完整性和结构的连续性,既不随意删改作品内容,也不破坏作品结构,随文安插干扰阅读的多余元素。相信这套丛书会成为广大中小学生的良师益友和家庭必备藏书。

人民文学出版社编辑部

2018 年 3 月

目　次

导读 ··· 1

快乐王子 ··· 1
夜莺与玫瑰 ··· 13
自私的巨人 ··· 22
忠诚的朋友 ··· 29
非凡的火箭 ··· 44
年轻的国王 ··· 59
西班牙公主的生日 ···································· 75
捕鱼人和他的灵魂 ···································· 96
星孩 ·· 134

知识链接 ·· 153

导　读

　　奥斯卡·王尔德生于 1854 年,卒于 1900 年,只活了四十六个春秋。他的写作涉及诗歌、童话、长篇和短篇小说、杂文和戏剧,且每一种体裁的作品都给世人留下了珠玑之作。随着当代世界文坛对这位英年早逝的作家的深入研究,许多颇具权威的百科全书都公认他为"才子",这或许算是对他生前恃才傲物的"盖棺"之论吧;因为他活着时曾在不同场合和不同作品里说过这类的话:

　　　　只有我的天才需要申报。[①]
　　　　像我这样的天才总有一天会被人赏识。[②]
　　　　伟大的激情为灵魂的伟大而设,伟大的事件只有一样伟大的人才看得见。[③]
　　　　恶大莫过于浮浅。[④]
　　　　我是我的时代的艺术和文化的象征性人物。[⑤]

[①]　在纽约海关说的话。
[②]　引自童话《非凡的火箭》。
[③][④][⑤]　引自《自深深处》。

然而,王尔德活着时,他的不羁行为却是他树敌过多的主要原因。他引起争议还由于他的文学和艺术主张:为艺术而艺术,即批评家所谓的"唯美主义"。他相信艺术优于生活。他活着时表现出来的花花公子习气其实是他试图把生命转化成艺术的努力。他在这方面实践的最灾难性的事件是,他和青年美男子道格拉斯勋爵彼此吸引,双双出入上流社会、文学圈子和伦敦各剧场、饭店、咖啡馆,成为当时伦敦上流社会的一道风景线。他的这种行为还应了他的另一个著名主张:"艺术是世界上最严肃的事业,而艺术家的生活却最不宜严肃。"

显然,王尔德的主张和行为都是超前的,他尽可以在象牙之塔里谈论,甚至在其作品里阐述,哪怕在讲演里张扬尚可让人忍受,但他在大庭广众面前招摇,就必定会踩住卫道士们的痛处了。老道格拉斯·昆斯伯里侯爵和儿子一向矛盾重重,又见儿子和王尔德一起伤风败俗,便把矛头对准王尔德进行攻讦。一场官司由此引起。在法庭对证时,小道格拉斯当证不证,当说不说,大有关键之时血浓于水之嫌,结果王尔德败诉,以同性恋有伤风化罪判刑两年,在皇家雷丁监狱服苦役,身心受到无可估量的摧残。出狱后移居巴黎,三年后便客死他乡。

王尔德的一生就是这样简单明了,恐怕连一张履历表都填不满几栏:上学——写诗——娶妻生子——一帆风顺地写作——一场官司。由此,他的许多传记作家都把他的写作和他的生涯比作一出戏:从闹剧开始,以悲剧结束。他的整个创作过程几乎是他在文学艺术方面的自然流露和天才表述。他年轻气盛激情满怀时写诗;思想成熟时写剧本;生儿育女时写童话;受到迫害时写杂文抨击人性堕落和社会腐败。

王尔德的第一部童话集名为《快乐王子》，内收《快乐王子》《夜莺与玫瑰》《自私的巨人》《忠诚的朋友》和《非凡的火箭》，于1888年出版。第二部童话集名为《石榴的房子》，是题送妻子的。石榴在中国有"多子"的象征意义，不知王尔德将这部童话集取名《石榴的房子》并呈现给妻子，是否有这层意思。不过王尔德对石榴树及石榴果情有独钟，在不同作品中多次以美的形象提及。这个集子里包括《年轻的国王》《西班牙公主的生日》《捕鱼人和他的灵魂》以及《星孩》，出版于1891年。

就王尔德的童话总体创作来看，他仍遵循了一般童话中应有的惩恶扬善、锄强扶弱、劫富济贫以及褒美贬丑等主题，无论是悲剧类的还是喜剧类的，都会有一个充满希望的结尾。这点在他的第一部童话集《快乐王子》的所有五个故事中都很明显。需要特别多说几句的是《快乐王子》和《夜莺与玫瑰》两篇。毫无疑问，《快乐王子》是王尔德童话中流传最广、最受孩子们欢迎的童话。王子活着时生活在"快乐窝"里，无忧无虑，衣来伸手饭来张口，因而认为世界上所有的人都像自己一样过着快乐的生活。然而，当他死后自己的塑像被安放在一根高高耸立于城市上空的立柱上时，他才俯瞰到了人间的种种苦难与不幸，因而伤心难过，决心尽可能帮助那些最不幸的人。一只快乐的小燕子帮了他的忙。小燕子无私地一次次舍弃南国避寒的机会，把王子的宝石眼珠和身上的一片片金叶子，送到了那些最需要帮助的不幸的人手中，结果冻死在快乐王子的脚下，快乐王子因此痛碎了一颗铅制的心！一则童话到此已十分完整，但王尔德没有忘掉他对美的探讨：一尊没有眼珠、没有金叶裹身的塑像和一只死鸟，还美吗？世俗之人认为不美，但上帝认为仍然很美，于是"铅心"和"死鸟"都进了天堂。最后王尔德还留给大小读者一个历来不受重视的问题:快乐①王子"快乐"吗?他曾经快乐过;自从了解到民间疾苦后他不快乐了;为不幸的人们解除痛苦后,他终于又快乐了。这样,作者把"什么是快乐"这一命题很富于哲理地予以阐述,并把这一命题与他的唯美主义以及"心之美"联系起来,一起进行探讨。这又是王尔德童话高明与不朽的一面。

《夜莺与玫瑰》以爱情与爱为主旋律:一只夜莺为成全一对青年男女的爱情,不惜用它心里流淌的血,通过刺入它心脏的一根尖利的玫瑰刺儿,给玫瑰树提供血汁,让它开出一朵无比珍贵的红玫瑰。这是"心之美"的形象化体现。但那年轻女子看不上这朵无比珍贵的玫瑰花,看重的是名望地位和物质享受;一只鸟儿的"心之美"和人类的"利欲熏心"形成了强烈的对照。王尔德在这里探讨的是他的唯美主义的内容之一,表达方式近乎残酷(一根利刺直插一颗完美的心),象征一种不折不扣的美,这显然是一般童话所没有的。

由此亦不难看出,王尔德在他的童话世界里,除了表现一般童话里的主题,总还会以他的唯美主义观点,探讨"快乐""心之美"等重大命题。《石榴的房子》这个集子中深入展开这种探讨,并在童话写作形式和内容表达两方面都取得突破,取得实绩。

仅就形式而言,《西班牙公主的生日》是最值得注意的:西

---

① 原文为 happy,与汉语表达对照的应该是"幸福",因幸福是一个很多贤者之人探讨的题目,而"快乐"在汉语里一般指一种感官状态。不过,"快乐王子"这一译法已经广为人知,为读者方便,仍沿用。

班牙小公主美丽至极,在她隆重的生日庆典上,她享受到了许多美的东西,其中包括一个小矮人献舞。小矮人长得畸形丑陋,但他自己并不知道。最后他在一面大镜子里看见了自己,自惭形秽,心碎而死。故事里美丑分明,但丑也可以给人带来欢乐,而美如果以别人的痛苦为乐,美亦显得丑陋。从写法到表现内容,这则童话都更像一个现代派短篇小说;其中有象征,有寓意,有哲理,读来令人对作者的丰富想象和天才的创造力感到由衷的佩服和惊叹!

《捕鱼人和他的灵魂》是王尔德童话中最长的,这应当是王尔德试图通过童话形式探讨灵、肉、心三者之间关系的结果。灵与肉的问题,是几乎所有文学大家都试图说清楚的命题。一般论点或绝大多数人的论点都认为,肉即肉体,是物欲之物;灵即灵魂,不得不时时刻刻陪着肉体,管它吃管它喝,管着它别让物欲引诱太深,掉进罪恶的深渊。但是王尔德在这个童话里持有正好相反的观点:肉体只享受自然之物,比如爱情,而灵魂却在支配肉体去寻欢作乐,作恶犯罪。心在肉与灵之间扮演着爱的角色,象征着爱。灵魂脱离肉体时是从心那里走的,但回来时却因为捕鱼人对美人鱼的"爱"太伟大,再也回不到心里去了!多么奇特的想象和探讨!正是通过这篇童话,王尔德又一次成功地阐明了他的一个关于美的著名论点:艺术优于生活,即他的唯美主义。艺术没有什么实用的价值,但人类应该为艺术而艺术地生活,不应该为生活而生活。这正是王尔德童话世界的主要特色,魅力所在,永恒所在!

王尔德除了通过童话阐述他的唯美主义,更多也是更成功地在艺术手法上创造美。他的童话讲究结构,语言诗化;童话世界里的人物、鸟兽、草木、宫殿以至一物一事,他都尽力从美的角度去挖掘,尤其从内在美的角度。自私的巨人因为最后变得无私而进入天堂:"那天孩子们跑来时,发现巨人躺在那棵树下死了,身上盖满了白色的鲜花。"多美的结局啊!《忠诚的朋友》中的小汉斯至死都不肯承认他的朋友那个磨坊主的自私、卑鄙和贪婪,但他留给世界的是温暖的忠诚,虽死犹生,营造了一种悲剧美。非凡的火箭一生以非凡自居,却始终没有表现出他的非凡之处。他坚定地相信"天生我才必有用",后来被拆得七零八落,扔在篝火里引爆了火药,他仍兴奋地嚷叫说:"我早知道我会制造一起特大轰动的。"他这种不折不扣的虚荣也不失为一种病态美吧。《年轻的国王》表现的是一种屡经磨难的成熟美,内在美。《星孩》所表达的内容与《年轻的国王》有相同之处,但在表现方法上迥然不同,显示出王尔德驾驭童话的高超手法。

苏　福　忠

快乐王子

　　在高高的城市上空，一根顶天立地的柱子上站立着快乐王子的塑像。他浑身贴满了一片片赤金叶子，眼睛含着两颗晶莹的蓝宝石，佩剑的剑柄上镶嵌了一颗大红宝石，闪闪发光。

　　他确实备受仰慕。"他像风向标一样美丽，"一位市议员发表看法说，一心想附庸风雅，"只是不怎么有用处啊。"他找补一句说，生怕人们会认为他不讲究实际，因为他的确是一个务实的人。

　　"你怎么一点儿都不像快乐王子呢？"一位明白事理的母亲对着自己无理哭闹的小孩儿说，"看看人家快乐王子从来不为小事哭闹。"

　　"这世上有人活得很幸福，我深感欣慰哪。"一个失望的人打量着这尊奇妙的塑像，喃喃自语道。

　　"他看上去简直就是一个天使。"一群孤儿院的孩子说，他们身穿鲜亮的大红斗篷，系着洁白的围嘴，正从大教堂往外走。

　　"你们怎么知道的？"刻板的校长发问道，"你们又从来没见过天使什么样子。"

"哦！可我们见过，在梦里见过。"孩子们回答说；刻板的校长把眉头皱起来，一脸的严肃，因为他很不赞成孩子做梦。

一天夜里，这城市飞来一只小燕子。他的朋友六个星期前都飞往埃及去了，但他耽搁下来，因他和最美丽的芦苇相爱了。他是在春天早些时候遇见她的，当时他追着一只大黄蛾子飞到了河边，一下就被她那纤纤细腰迷住了，忍不住停下来和她搭话。

"我可以爱你吗？"燕子问道，他喜欢单刀直入，有话直说。芦苇听了深深点了一下头。小燕子于是围着芦苇飞啊，飞啊，用翅膀轻轻触动水面，激起一圈圈银色的涟漪。这就是他的求婚活动，整整持续了一个夏天。

"这真是一场可笑的恋爱，"别的燕子都叽叽喳喳地说，"瞧那芦苇不趁钱，亲戚倒有一大群。"这倒是实情，河里到处长满了芦苇。随后，秋天来了，他们都飞走了。

他们飞走后，他感到很孤单，渐渐对他的恋人儿厌倦了。"她不懂得跟人说话，"他说，"我担心她就是一个轻佻女子，看她风一来就摇晃的轻浮样儿。"一点没错，只要起风了，芦苇就风情万种地行屈膝礼。"我承认她是个固守闺房，"燕子继续说，"可我喜爱到处走走，夫唱妇随，我的妻子也应该喜爱到处旅游才是。"

"你愿意和我走吗？"他最后和她说；可是芦苇摇了摇头，她恋家恋得难以割舍啊。

"你原来一直在跟我调情啊。"他大声说，"我要飞往金字塔去了。再见吧！"他说走就飞走了。

他飞了整整一天，天黑时分来到了这个城市。"我到哪里去寄宿呢?"他心想,"但愿这城里事先有所准备才是。"

随后他看见了那根高高的柱子上的塑像。

"我就住那儿去吧。"他叫道,"那是个好去处,新鲜空气有的是。"于是,他就落在了快乐王子的两脚之间。

"我这下住进黄金屋了。"他四下打量一番,悄悄跟自己说,然后准备睡觉;可是他正要把脑袋伸进翅膀下时,一大滴水落在了他的身上。"怪了怪了!"他惊叫道,"这天上连一丝云彩也没有,满天的星星亮晶晶的,竟然下起雨来。这欧洲北部的天气真是吓人。芦苇一贯喜欢下雨,可那完全是为了她自己。"

随后又一滴水落了下来。

"一尊大塑像连一点雨都遮挡不了,它还有什么用?"他发问说,"我只好去找一个好烟囱去躲躲了。"他决定飞走算了。

他还没有张开翅膀,第三滴水又掉了下来,他抬头一看,只见——唔!天哪,他看见了什么?

快乐王子的眼睛里噙满了泪水,泪水正顺着他那金脸颊往下流呢。在月亮光下,他的脸美丽极了,小燕子心里油然升起怜悯之情。

"你是谁呢?"他问道。

"我是快乐王子。"

"那你还哭什么?"燕子问道,"你快把我浇透了。"

"我活着时,曾有一颗常人的心。"塑像回答说,"我那时不知道泪水是什么,因为我生在逍遥宫里,忧愁是没法进那里的。白天我和我的小伙伴儿在花园里玩耍,晚上我在大厅里领头跳舞。花园周围修筑了很高很高的墙,可是我对高墙外是什么景象漠不关心,我身边的一切都非常美妙,无可挑剔啊。我的臣子

3

都叫我'快乐王子',而且我也的确很幸福,如果开心就是幸福的话。我就这样生活了一辈子,又这样死去了。我死后,他们把我安置在这顶天立地的地儿,我一下看见了这城里的一切丑陋和苦难;虽然我的心是铅做的,可我还是忍不住哭泣啊。"

"天哪!难道他不是一尊实心金塑像吗?"燕子自己思忖道,"他可真是彬彬有礼,连说说个人意见都细声软语的。"

"在远处,"塑像接着低声软语地说,"在远处一条小街上,有一所穷人住的房子。房子的一扇窗户开着,我从窗子看见一个女人坐在桌子前面。她的脸又瘦又憔悴,一双手红红的,很粗糙,被针扎得到处是针眼儿,因为她是做针线的女工。她在往一件缎子外衣上绣西番莲,让女王最可爱的宫女穿上参加下一次宫廷舞会呢。在屋子角落的床上,她的小孩儿躺着生病。小孩儿在发烧,口口声声要橘子吃。可他母亲只能给他白开水喝,于是他就委屈得哭啊哭啊。燕子啊,燕子啊,小燕子啊,你能把我剑柄端上的红宝石衔上送给她吗?我的两只脚固定在这底座上了,我不能动啊。"

"有人在埃及等我,"燕子说,"我的朋友正在尼罗河上飞来飞去,跟大荷花说话呢。他们不久就要到那个了不起的国王的墓里去睡觉。那个国王自己就在那里,躺在他的油漆棺材里。他被黄亚麻布裹得紧紧的,用各种香料涂过以防止腐烂。他脖子上挂着一条链子,上面坠着一块浅绿色宝石,他的手干枯得像黄枯的树叶。"

"燕子,燕子,小燕子啊,"王子说,"你愿意和我呆上一个夜晚,给我当当送信人吗?那个孩子渴坏了,可他的母亲干着急没办法啊。"

"我想我不会喜欢小男孩儿,"燕子回答说,"去年夏天,我在河边呆着时,两个野男孩儿,就是磨坊主的儿子,总是用石头砸我。当然,他们永远别想砸到我;我们燕子飞得快着呢,躲躲石头是小事一桩;再说啦,谁都知道我们家的人身手矫捷;不过话说回来,用石头砍人总是不光彩的。"

但是,快乐王子看上去难过极了,小燕子觉得很过意不去。"这里好冷啊,"他说,"不过我会跟你呆上一个夜晚,给你当送信的人。"

"谢谢你,小燕子。"王子说。

于是,燕子啄起王子剑柄上的那颗大红宝石,用嘴衔着飞过了城市屋顶的上空。

他飞过白色的大理石上刻满天使的大教堂塔楼;他飞过了宫殿上空,听见了舞会的声音。一个美丽的姑娘和她的情人儿来到外面的阳台上。"星星有多美啊,"他对她说,"爱情的力量又是多么美妙啊!"

"我多希望能穿上新衣服参加这次盛大舞会啊。"她附和说,"我定好了在衣服上绣西番莲的;可是那个女裁缝懒死了。"

他飞过河的上空,看见灯笼挂在船的桅杆上。他飞过犹太居民区,看见那些上年纪的犹太人在互相讨价还价,用铜秤称钱。最后他飞到了那户穷人家,向里看去。那男孩儿在发烧,在床上来回翻身,他妈妈累得支撑不住,已经睡着了。他一蹦一跳进去,把嘴里的大红宝石放在了那个女人的顶针旁边。然后他轻轻地绕着床飞,用翅膀往小男孩儿的脑门儿上扇风。"我觉得好凉快,"男孩子说,"我一定好多了。"他很快进入了香甜的梦乡。

后来,燕子飞回到了快乐王子身边,跟快乐王子讲了他做过的事。"真是奇怪,"他说,"天气虽然这么冷,我现在却觉得身上热乎乎的。"

"这是因为你干了一件好事啊。"王子说。小燕子开始想事,很快就入睡了。他一想事就要睡觉。

天色大亮时,他飞到河边洗了一个澡。"多么奇怪的现象,"鸟类学教授走过桥时说,"大冬天还有燕子!"他写了一封长信寄给当地报纸,谈及这件怪事。大家都引用那封信里的话,因为里面尽是人们不明白的词儿。

"今天夜里我要飞往埃及。"燕子说,为飞走一事兴奋不已。他飞遍了公共场合所有的古迹,在教堂陡直的屋顶上呆了很长时间。他无论飞到哪里都听见麻雀叽叽喳喳在叫,互相交谈说:"好一位稀客呀!"他听了心下好不喜欢。

月亮升上天空时,他飞回到快乐王子身边。"你有什么话捎往埃及吗?"他大声说,"我马上要飞走了。"

"燕子,燕子,小燕子啊,"王子说,"你不愿意再和我呆一个夜晚吗?"

"有人在埃及等我呢,"燕子回答说,"明天我的朋友都会飞往'第二大瀑布'了。河马藏在香蒲下面,门农神①坐在一个大花岗岩宝座上。他整夜遥望星星,晨星亮起时他就高兴得叫唤一声,然后就悄无声息了。中午时,黄色的狮子纷纷到河边来饮水。他们的眼睛都像绿宝石,他们的吼叫声比大瀑布的呼啸还响亮呢。"

---

① 专指埃及提比斯附近的阿孟霍特普三世的巨石石像,日出时必发出竖琴声,170年罗马皇帝修复后不再发声。

7

"燕子,燕子,小燕子啊,"王子说,"在这城市的远处,我看见一个年轻人住在阁子间。他倚靠在一张堆满纸的桌子旁,他身边的一只杯子里插着一束枯萎的紫罗兰。他的头发焦黄干涩,嘴唇红得如石榴,眼睛很大的却混沌不清。他正努力给剧院导演完成一个剧本,可是他冻得不行,写不下去了。炉膛没有火,他饿得有气无力。"

"我和你再呆一个夜晚吧。"燕子说,真的动了恻隐之心,"我还能给他送去一颗红宝石吗?"

"哎!我现在没有红宝石了。"王子说,"我只有这双眼睛了。它们是用珍贵的蓝宝石做的,是一千年前从印度买来的蓝宝石呢。快啄一颗出来给他送去吧。他可以把蓝宝石卖给珠宝商,买回些食物和柴火,把他的剧本写完了。"

"亲爱的王子啊,"燕子说,"我不忍心干这个。"然后就开始哭起来。

"燕子,燕子,小燕子啊,"王子说,"快按我要求你的做吧。"

于是燕子啄下王子的一只眼睛,衔着飞向那个学生的阁楼去了。阁楼屋顶有窟窿,燕子很容易就进去了。那个年轻人两手把头抱得紧紧的,一点没有听见燕子扑棱翅膀的声音,他抬头看时才发现那颗美丽的蓝宝石放在那些枯萎的紫罗兰上面。

"有人开始赏识我了,"他惊叫道,"这一定是某个了不起的崇拜者送来的。这下我能写完我的剧本了。"他看上去相当幸福。

第二天,燕子飞到了海港。他落在一只大船的桅杆上,看着水手们用绳子从货舱往外拽大箱子。"嗨哟嗨哟!"他们每拽出一只箱子就喊一声。"我要去埃及!"燕子大声说,可是没有人在意,月亮升起来时,他又飞回快乐王子身边。

"我是来和你告别的。"他大声说。

"燕子,燕子,小燕子啊,"王子说,"难道你不愿意再和我呆一个夜晚吗?"

"已经是冬天了,"燕子回答说,"这里很快就要下寒冷的雪了。可在埃及,太阳把绿色的棕榈树照得热乎乎的,鳄鱼躲在泥里懒洋洋地打量棕榈树。我的伙伴在太阳神殿里筑窝呢,粉鸽子和白鸽子在一旁看着他们,互相咕咕叫个不停。亲爱的王子,我必须离开你,可我永远不会忘记你,明年春天我会给你带回两颗美丽的宝石,安放在你忍痛割爱的那些地方。红宝石会比红玫瑰还红,蓝宝石会比大海还蓝。"

"在广场那边,"快乐王子说,"站着一个卖火柴的小姑娘。她把火柴掉进臭水沟里,火柴都弄坏了。她要是给家里带不回一些钱,她父亲会打她的,她在哭泣。她没有穿鞋,没有穿袜子,还光着小脑袋。啄出我的另一眼睛,快去送给她,那样她父亲就不会打她了。"

"我愿意再和你呆一个夜晚,"燕子说,"可是我不忍心啄掉你的眼睛。你没有眼睛什么都看不见啊。"

"燕子,燕子,小燕子啊,"王子说,"快按我要求你的去做吧。"

于是,燕子啄掉了王子的另一只眼睛,衔着飞走了。他飞过卖火柴的小女孩儿身旁,他把蓝宝石放在了她的手掌上。"多么可爱的一小块玻璃啊。"小姑娘惊叫道;随后她一路笑着跑回家去了。

然后燕子飞回到王子身边。"你这下完全瞎了,"他说,"我就一直呆在你身边吧。"

"不，小燕子，"可怜的王子说，"你一定要飞往埃及去。"

"我要一直跟你在一起。"燕子说，随后就在王子脚边睡着了。

第二天一整天他都落在王子的肩膀上，跟王子讲他在异国他乡经历的事情。他告诉王子尼罗河岸边站立的一排朱鹭，他们用大长嘴逮鱼吃；他告诉王子像这个世界一样古老的斯芬克司①生活在大沙漠里，天下的事情无所不知；他告诉王子牵着骆驼慢悠悠行走的商人，手里拿着一串串琥珀珠子；他告诉王子月亮山的国王，皮肤黑得像乌木，对一块大水晶石顶礼膜拜；他告诉王子在棕榈树上睡觉的大绿蛇，二十个僧侣用蜂蜜饼喂它；他告诉王子乘着大扁叶子在大湖上泛舟戏耍的小仙人，动不动就跟蝴蝶打仗。

"亲爱的小燕子，"王子说，"你告诉我许多奇闻轶事，不过受苦受难的男男女女的千万种痛苦，是什么奇闻轶事也比不了的。天下的奇闻莫过于苦难。到我的城市上空去飞一趟，小燕子，回来告诉我你在下面看见了什么。"

于是燕子在城市上空飞翔，看见富人在他们美丽的宅邸寻欢作乐，而乞丐坐在大门前行乞。他飞进了黑黢黢的小巷，看见挨饿的孩子面色惨白，无可奈何地望着黑乎乎的街道。在一座桥拱下面，两个小男孩儿紧紧依偎着取暖。"我们饿得不行了！"他们叹道。"你们俩不能躺在这里。"巡警厉声喝道，两个小男孩儿只好走进了雨中。

---

① 希腊神话中一神，带翼的狮身女怪，叫过路行人猜谜，猜不中者即遭杀害。此处当指古埃及狮身人面像，位于今埃及萨金字塔附近。

然后他飞回来,跟王子讲了他的见闻。

"我身上裹着赤金,"王子说,"你一定把它啄下来,一片一片地啄,把它送给穷人;活着的人总是以为金子能让他幸福。"

燕子于是啄下来一片又一片赤金,把快乐王子啄得寸金不留,一副灰不溜丢的样子。燕子把一片又一片赤金送给穷人,他们的孩子脸上有了红润,在大街上欢声笑语一片,玩耍得很痛快。"我们现在有面包吃了!"他们欢呼说。

后来,天下雪了,雪后天寒地冻。放眼望去条条大街像裹上了银子,光亮夺目,明闪闪的;房子屋檐垂下长长的冰柱,像水晶利剑,人人出门都穿起皮衣,小孩子家头戴大红帽子,在冰上溜来溜去。

可怜的小燕子冻得越来越厉害,可是他不忍心离开王子,他爱他爱得刻骨铭心。他趁面包师不注意时在作坊门外捡吃些面包渣儿,使劲儿拍打翅膀让自己暖和一些。

但是最终他知道他就要死去了。他只有再往王子肩膀上飞一次的力气了。"再见了,亲爱的王子!"他小声说,"你能让我亲亲你的手吗?"

"我很高兴你终于要去埃及了,小燕子,"王子说,"你在这里呆得够长了;不过你一定要亲亲我的嘴唇,因为我爱你呀。"

"我不是要到埃及去,"燕子说,"我要去'死神殿'了。死神是睡眠的好兄弟,不对吗?"

他亲吻过快乐王子的嘴唇,掉在王子脚下死去了。

这时候,雕像里面响起一种奇怪的声音,好像有什么东西破碎了。实际上是王子的铅做的心脏破成两瓣儿了。这当然是天寒地冻的结果。

第二天大清早,市长在市议员们的陪同下从雕像下的广场走过。他们路过那根柱子时,市长抬头看了看塑像:"我的天哪!这快乐王子看上去真寒碜!"他说。

"的确寒碜!"市议员们大声说;他们总是跟着市长的调子唱;他们走过去端详那塑像。

"红宝石从他的剑柄上脱落了,他的眼睛不见了,他身上的金子也没有了,"市长说,"说真的,他比乞丐强不到哪里去!"

"是不比乞丐强多少啊。"市议员们说。

"他的脚边还有一只死鸟!"市长继续说,"我们真得发表一份告示,禁止鸟类死在这里。"市政文书赶紧把这项提议记了下来。

于是他们把快乐王子的塑像拉倒了。"因为他不再美丽,所以就不再有用了。"大学的美术教授说。

随后他们把塑像扔进炉里化掉了,市长专门召开市政会议,决定如何处理融化的铁。"我们当然还得另铸一尊塑像,"他说,"那应该是我自己的塑像。"

"是我自己的。"每一个市议员都说,他们就吵了起来。我上一次见到他们,他们还在争吵呢。

"真是怪事啊!"在铸造车间干活儿的工人监工说,"那颗破裂的铅心在炉里竟然没化掉。我们只好把它扔掉了。"他们果真把它扔在了垃圾堆上,碰巧那只死燕子也躺在那里。

"快去那个城市把那两件最珍贵的东西给我捡来。"上帝对他的一个天使说;天使给他拣来了那颗铅心和那只死鸟。

"你挑选对了,"上帝说,"因为在我的乐园里,这只小鸟会永远唱下去,而在我的金子城市里,快乐王子会赞美我的。"

夜莺与玫瑰

"她说过，如果我给她带红玫瑰来，她就和我跳舞。"年轻的大学生嚷嚷说，"可是我的花园里哪儿也没有红玫瑰啊。"

夜莺从她的圣栎树窝里听见他说话，从树叶间往外看，心里感到纳闷儿。

"我这花园哪儿都没有红玫瑰啊！"他感叹说，美丽的眼睛里充满了泪水，"啊，幸福取决于多么细小的事情！我读了圣哲们写下的所有书籍，精通了哲学的所有奥秘，可是就因为没有一朵红玫瑰，我的生活就倒霉了。"

"这里终于出了一个痴心情种，"夜莺说，"尽管我不认识他，我天天夜里都给他唱歌；天天夜里我把他的故事讲给星星听，现在我看见他了。他的头发像风信子花一样乌黑，他的嘴唇像他渴求的玫瑰一样殷红；可是激情使他的脸色白如象牙，忧愁使他的额头紧锁。"

"明天晚上王子要举行舞会，"年轻的大学生嘟哝道，"我的情人会做我的舞伴儿。如果我给她带一朵红玫瑰去，她就会和我一直跳到天亮。如果我给她带一朵红玫瑰去，我就可以把她

13

揽在怀里,她会把头依偎在我的肩头,她的手会被我的手抓得紧紧的。可是我的花园里没有红玫瑰,那我只好孤零零坐在那里,眼睁睁看她从我身边走过去。她不会钟情于我,我的心会碎的。"

"世上还真有不折不扣的情种,"夜莺说,"我歌唱的东西,他受不了;我欢喜的东西,在他是痛苦。爱情确实是一件妙不可言的东西。它比祖母绿还贵,比精美的蛋白石还值钱。珍珠和石榴买不来它,它根本不在市场上明码标价。商人有钱得不到它,金子的分量和它不可同日而语。"

"音乐家们会在他们的乐池里就座,"年轻的大学生说,"弹奏他们的乐器,我的情人儿会随着竖琴和小提琴的乐曲翩翩起舞。她会跳得脚下生风,连地都不沾,那些献殷勤的人穿戴得漂漂亮亮,纷纷围着她打转转。可是,她就是不和我跳舞,因为我没红玫瑰献给她。"他有气无力地倒在草地上,把脸埋在两只手里,哭了。

"他为什么哭呢?"一只小绿蜥蜴问道;他把尾巴高高翘在空中,从他身边走过。

"为什么呢?真是的。"一只在一束阳光下飞舞的蝴蝶附和说。

"为什么呢?真是的。"一朵菊花也跟自己的邻居悄声细语地说。

"他在为一朵红玫瑰哭泣呢。"夜莺说。

"为一朵红玫瑰?"他们同声惊讶道,"真是咄咄怪事啊!"小蜥蜴是一个喜欢拿别人开心的人,忍不住哈哈笑出声来。

可是夜莺明白这位大学生的苦衷,呆在栎树丛里一声不吭,

默想着爱情的秘密所在。

突然,她展开棕色的翅膀飞起来,冲向高高的天空。她像影子一样穿过树林,又像影子一样掠过花园。

在草地的中央,有一棵美丽的玫瑰树,她看见时便飞了过去,落在一根小花枝上。

"给我一朵红玫瑰吧,"她尖声叫道,"我来给你唱我最动听的歌儿。"

然而玫瑰树摇了摇头。

"我的玫瑰是白色的,"玫瑰树回答道,"白得像海浪的泡沫,甚至比山头的冰雪还要洁白。不过你可以去找我的兄弟,他生长在那个古老的日晷旁边,也许他会给你想要的东西。"

夜莺于是飞到了生长在古老的日晷旁的那棵玫瑰树上。

"给我一朵红玫瑰吧,"她尖声叫道,"我会给你唱我最动听的歌儿。"

可是玫瑰树还是摇头。

"我的玫瑰是黄色的,"玫瑰树回答说,"黄得像坐在琥珀御座上的美人鱼的头发,甚至比割草人挥起大镰刀割过的草地中的黄水仙还鲜黄。可是你可以到我兄弟那里去,他生长在那个大学生的窗子底下,也许他会给你想要的东西。"

夜莺于是飞到了生长在那个大学生窗下的玫瑰树上。

"给我一朵红玫瑰吧,"她尖声叫道,"我会给你唱我最动听的歌儿。"

可是玫瑰树又摇起头来。

"我的玫瑰是红色的,"玫瑰树回答说,"红得像鸽子的爪子,甚至比海洋深洞里的珊瑚大扇叶还要红。但是冬天把我的叶脉冻坏了,霜冻摧毁了我的花蕾,暴风雨折断了我的树枝,今年我没法开玫瑰花了。"

"我就只要一朵红玫瑰,"夜莺尖声叫道,"只要一朵红玫瑰啊!我真就没办法弄到一朵吗?"

"办法倒是有的,"玫瑰树回答说,"可是那办法太可怕,我都不敢告诉你。"

"快告诉我,"夜莺说,"我不害怕。"

"如果你想要一朵红玫瑰,"玫瑰树说,"你必须在月光下用音乐来孕育一朵啊,还必须用你自己的心血来染红它。你必须给我唱歌,胸脯顶在一根玫瑰树刺上。整个夜晚你都必须给我唱歌,那根刺一定会刺进你的心,你的鲜血必须流进我的叶脉里,成为我自己的血。"

"为了一朵红玫瑰,要豁上性命,这代价太大了,"夜莺尖声叫道,"生命对谁来说都非常宝贵。栖息在这绿色的林子里,看着太阳乘坐他的金马车,看着月亮乘坐她的银马车,真是一件开心的事啊。山楂树的气味甘甜扑鼻,藏身山谷的风铃草香气袭人,漫山遍野的杜鹃花芬芳四溢。但是爱情比生命更可贵,比起人的心,鸟的心又算得了什么?"

于是她展开她那棕色的翅膀,直冲云霄。她像影子一样掠过花园,像影子一样穿过树林。

那年轻的大学生还躺在草地上,和她飞走时看见的一样,他那双美丽的眼睛里的泪水还没干呢。

"高兴起来吧,"夜莺尖声说,"高兴起来吧;你会得到你的红玫瑰的。我会在月光下用音乐孕育一朵;用我自己的心血把它染红。我对你别无所求,只求你做一个痴心情郎,因为爱情远比哲学更智慧——虽然哲学就够智慧了;比权力更强大——虽然权力就够强大了。他的双翼是火焰色的,他的身体像火焰一样有色彩。他的双唇像蜜一样甜,他的呼吸像乳香①四溢。"

大学生从草地上抬头看,听着,但是他听不懂夜莺在跟他说些什么,因为他只知道书本里写的那些东西。

然而,圣栎树听明白了,觉得好难过,因他很喜欢这只在他的枝杈上筑窝的小夜莺。

"给我唱最后一支歌儿吧,"他悄悄说,"你走后我会感到非常孤单的。"

于是,夜莺给圣栎树唱歌儿,她的声音好像水从银壶里泻出来那样叮咚作响。

夜莺唱完歌儿时,大学生站起来,从口袋里抽出笔记本和铅笔。

"她有模有样,"他边自言自语,边从树林穿过去——"这是没法否定她的;可是她有感情吗?恐怕是没有。实际上,她和大多数艺术家没有什么两样;她就是花架子,不讲一点真诚。她不会为了别人牺牲自己。她心里只有音乐,谁都知道艺术是自私的。不过,也得承认,她的声音有时听上去很美。想来可怜,声音美管什么用,没有什么实际用处。"他走进了房间,躺在他的小地铺上,开始思念他的情人儿;过了一会儿,他睡着了。

明月升到天空时,夜莺飞到了那棵玫瑰树上,把胸膛顶在了刺儿上。整个夜晚她都用胸膛顶着刺儿唱歌,皎洁的冷月探着身子在聆听。整个夜晚她都在唱歌,那根刺儿越来越深地戳进

---

① 以色列人烧的一种香。

了她的胸膛,她的鲜血渐渐离她而去。

她最初唱的是爱情在少男和少女的心扉萌生。玫瑰树顶端的花枝绽开了一朵奇异的玫瑰花,花瓣儿连着花瓣儿,就像歌儿连着歌儿。起初花儿苍白得像悬浮在河面上的薄雾——苍白得像早晨的纤脚,然后它变成了银白色,活像拂晓的双翼。玫瑰树顶端花枝上的那朵玫瑰花哟,开得仿佛一面银镜里的玫瑰花影,又好像水池里一朵玫瑰的倒影。

然而玫瑰树大声招呼夜莺把那刺儿顶得更紧些。"用劲顶啊,小夜莺,"玫瑰树叫喊说,"要不然天亮时这朵玫瑰花儿还培育不成呢。"

夜莺于是越来越紧地顶在刺上,她唱得也越来越嘹亮,因为她唱的是男子和女子的灵魂里产生了激情。

一层薄薄的红晕出现在玫瑰的叶子里,宛如新郎初吻新娘的柔唇时脸上露出的潮红。但是那刺儿还没有戳到她的心,所以玫瑰的心还是白的,偏偏只有夜莺的心血才能将玫瑰的心染红了。

玫瑰树大声招呼夜莺朝那刺儿靠近再靠近。"快使劲靠哪,小夜莺,"玫瑰树喊叫说,"要不然玫瑰花儿还没变红天就亮了。"

于是夜莺朝那刺儿靠得越来越狠,那刺儿终于扎住了她的心,一阵剧烈的疼痛传遍她的全身。疼痛越来越厉害,她的歌儿越来越高亢,因为她唱的是用死亡成全的爱情,是不会在坟墓里死去的爱情。

那朵奇异的玫瑰渐渐变红了,像天空东边出现的红霞。花瓣儿的脉带变红了,花心红得像一枚红宝石。

然而,夜莺的声音却越来越弱了,她的小翅膀开始扑棱,她的眼睛蒙上了一层阴影。她的歌儿越来越细弱,她觉得有什么东西堵住了她的喉咙。

随后,她终于爆发了一阵绝唱。苍白的月儿听见了,把黎明忘在脑后,滞留在天空不肯离去。那朵红玫瑰听见了,狂喜得直哆嗦,向清冷的晨气绽开了花瓣儿。回响带着这绝唱萦绕在山间的紫色洞穴,惊醒了梦中的牧羊人;这绝唱随着河流的浪头漂去,把它的余音一直传向大海。

"瞧,快瞧!"玫瑰树招呼说,"这朵玫瑰终于培育成了。"但是夜莺没有回答,因为她躺在深草丛中,死了,心上带着那根刺儿。

中午时分大学生打开他的窗户向外张望。

"嘿呀,多么奇妙的运气!"他惊叫道,"这里有一朵红玫瑰!我一生中从来没有看见过这样的玫瑰花儿。这花儿美极了,准保有一个长长的拉丁名字。"他探下身子把玫瑰花儿摘掉了。

然后,他戴上帽子,手里拿着这朵玫瑰花儿,向教授的住宅跑去。

教授的女儿坐在门口往纺车上缠绕蓝色的丝,她的小狗卧在她脚旁。

"你说过,如果我给你带一朵红玫瑰来,你会陪我跳舞,"大学生喊道,"这可是世间最红的玫瑰。你今晚要把它别在你的心口旁,我们一起跳舞时,它会告诉你我是多么爱你。"

然而那姑娘皱起了眉头。

"我担心它和我的衣服不配,"她答道,"再说,宫廷大臣的侄子送给我一些真珠宝,谁都知道珠宝要比花草贵重得多呀。"

"喔,天哪,你竟这般负情。"大学生气愤地说;他把那朵红玫瑰扔向大街,花儿正好掉进臭水沟,一辆马车的轮子从上面辗了过去。

"负情!"那姑娘说,"你给我听着,你这人好无礼;你以为你是谁?不过是一个大学生罢了。喷,我看跟宫廷大臣的侄儿根本没法儿相比,你的鞋上可有银襻子?"她从椅子上站起身,走进了住宅。

"爱情是一样多么稀松的玩意儿,"大学生离去时心下说,"比起逻辑来一半都不如,最终什么都证实不了,只不过说明一件不会发生的事情,逼着人相信事情没有真实可言。实际上,爱情也确实不切实际,而在这个时代,讲究实际才是一切,我还是回到哲学那里,钻研玄学吧。"

于是,他回到他的屋子,抽出一本积了灰尘的大厚书,开始读起来。

自私的巨人

每天下午,孩子们从学校出来后,都往往到巨人的花园去玩耍。

那是一个可爱的大花园,茸茸绿草满地都是。草地上到处长着美丽的鲜花,像星星一样;春天时节,花园里的十二棵桃树盛开耀眼夺目的粉红色花儿和银白色花儿;秋天来了,树上结满了累累果实。鸟儿落在树上,唱起悦耳的歌儿,孩子们不由得停下游戏聆听鸟儿们歌唱。"我们过得多么快乐幸福啊!"他们互相告慰道。

一天,巨人回来了。他早先去拜访他的朋友、康沃尔的吃人魔去了,和吃人魔一呆就是七年。七年期间,他把想说的话都说了,因为他的谈话是有限的,于是他决意返回他自己的城堡来。他一回来就看见孩子们在花园里玩耍。

"你们在这里干什么?"他喊叫道,声音很霸道,孩子们赶紧跑散了。

"我自己的花园就是我自己的花园,"巨人说,"谁都明白这个理儿,我以后不让任何人来玩儿,我自己想怎么玩儿都行。"

于是他修建了一堵高墙,把花园围起来,还挂上一块牌子:

> 闲人莫入
> 违者法办

他是一个非常自私的巨人。

可怜的孩子们这下没有地方可玩儿了。他们只好到大路上玩耍,可是路上灰尘太多,而且到处都是粗糙的石头,他们一点也不喜欢在路上玩。放学后,他们只好绕着那圈高墙转悠,谈论着墙里那美丽的花园。"我们当时过得多么幸福。"他们彼此诉说道。

不久,春天来了,乡间到处开满小小花朵,小鸟儿到处飞舞。只有花园里的自私巨人还过着严冬的日子。因为花园里没有孩子们,鸟儿不愿意在里面唱歌,桃树也忘记开花了。有一次,一朵美丽的花儿从草地上探出头来,可是一看见那块告示牌,不禁为那些孩子感到十分难过,它把头又缩回地下去,呼呼睡起大觉来。花园里唯一感到高兴的人是雪和霜。"春天把这花园遗忘了,"他们大叫着,"这下我们可以一年到头住在这里了。"雪往草地盖上了她那巨大的白色斗篷,霜把所有的树都涂上了银色。然后他又邀请北风与他们做伴,北风就赶来了。北风用皮外衣裹得严严实实,整天都在花园里呜呜叫个不停,把烟囱都刮倒了。"这是一个令人愉快的地方,"北风说,"我们一定要请冰雹来访问。"于是冰雹来了。每天他都在城堡屋顶上劈劈啪啪下三个小时,把屋顶上大多数瓦片都打破了;随后他又在花园转呀转呀,忙不迭地奔啊跑啊。他穿着一身灰色服装,他吐出的气跟冰差不多。

"我不明白为什么春天这么晚了还不来,"自私的巨人心下思忖,坐在窗前看着他那冰天雪地的花园,"但愿这气候变化变化才好。"

然而春天一直没有来,夏季也一直不来。秋天给每一座花园带来了金色的果实,但是巨人的花园却得不到秋天的垂青。"他太自私了。"秋天说。巨人的花园总是冬天,北风、冰雹、霜和雪在树间肆意起舞。

一天早上,巨人醒来躺在床上,这时他听见了一种美妙的乐曲。这乐曲在他耳际萦绕,妙不可言,他原以为一定是国王的乐师演奏着曲子走过。其实只是一只小红雀儿在窗外唱歌,但是因为他很久没有听见鸟儿在他的花园里唱歌,所以他觉得这是人世间最美丽的音乐。接着冰雹停止了在头顶砰砰乱跳,北风不再呼呼吼叫,一股扑鼻的香气从开着的窗扉飘到了他跟前。"我看春天终于来了。"巨人说;他从床上跳下,往外张望。

他看见了什么呢?

他看见一幕美不胜收的景致:孩子们从大墙的一个小窟窿里钻进了花园,正坐在树的枝杈上。每一棵树上他都看见有一个小孩儿。树们非常高兴孩子们又回来了,便开满了花儿,在孩子们的头上轻轻地摇动起他们的枝杈。鸟儿们到处飞动,高兴得叽叽喳喳鸣叫,花儿从绿草地往上张望,喜笑颜开。这是一幕可爱的景色,只有花园的一隅还是冬天。那是花园最远的角落,一个小男孩儿正站在那里。他还很幼小,没法儿爬上树的枝杈,正围着那棵树转啊转啊,哭得伤心极了。那棵可怜的树仍然盖满了霜和雪,北风呼呼地吹,在树梢上呜呜地叫。"快爬上来呀,小男孩儿!"树说着,尽可能低地垂下了他的树枝,但是小男孩儿太幼小,还是够不着。

巨人看着这幕景致,心融化了。"我一直表现得多么自私啊!"他说,"现在我明白了为什么春天不到这里来了。我要把那个可怜的小男孩儿抱到那棵树顶上去,然后我再把这围墙拆掉,让我的花园世世代代成为孩子们的游戏场。"他真心为他过去的行为感到后悔。

于是他悄悄走下楼梯,蹑手蹑脚地打开前门,走出房子,进了花园。但是孩子们一看见他,吓得胆战心惊,纷纷逃跑了,花园又变成了冬天。只有那个小男孩儿没有跑掉,因为他的眼睛里满是泪水,没有看见巨人走了过来。巨人悄悄地站在他身后,轻轻地把他拿在手里,放在了树上。那棵树马上鲜花怒放,鸟儿们纷纷飞来在上面唱歌,小男孩儿伸开他的双臂,紧紧抱住了巨人的脖子,亲吻他。那些跑掉的孩子,看出来巨人不再像过去那样坏,又都跑回来,春天也跟着孩子们来了。"现在这是你们的花园了,小娃娃们。"巨人说,他拿起了一把大斧头,把那堵墙砍倒了。人们在十二点钟去市场时,发现巨人在他们见过的最美丽的花园里和孩子们玩耍。

他们玩耍了整整一天,天黑了他们才来和巨人道别。

"可是你们的小伙伴哪里去了?"他问道,"就是我抱上树的那个小男孩儿。"巨人最爱那小男孩儿,因为小男孩儿亲吻过他。

"我们不知道,"孩子们回答说,"他离去了吧。"

"你们一定告诉他务必明天来这里玩儿。"巨人说。可是孩子们说他们并不知道他住在哪里,过去从来也没有见过他;巨人觉得伤心极了。

每天下午,学校放学后孩子们都要来和巨人玩耍。但是那个巨人深爱的小男孩儿再也没有露面。巨人对所有孩子都非常和蔼,可他仍一心想念他的第一个小朋友,经常说起他。"我是多么想见见他啊!"他经常说。

许多年过去了,巨人年纪很大很大了,身体衰老得不行。他再也玩儿不动了,只好坐在他的大扶手椅子里,看孩子们玩儿游戏,观赏他自己的花园。"我有许多美丽的花儿,"他说,"可是孩子们才是所有花中最美丽的花朵啊。"

一个冬天的早上,他一边穿衣服一边看着窗外。他现在不讨厌冬天了,因为他知道那只不过是春天在沉睡,花儿在休息。

突然间,他惊讶得直揉眼睛,看了又看。那确实是一幕让人惊喜的景色。在花园最远的角落,一棵树开满了可爱的白花儿。树的枝杈全是金色,银闪闪的果子挂在枝头,树下站着他爱恋的那个小男孩儿。

巨人欣喜若狂地跑下楼梯,出了房子冲进花园。他急匆匆穿过草地,来到了那孩子身边。他走得很近时,他的脸色因为生气变得通红,他说:"是谁竟敢伤害你?"因为在这孩子的手掌上有两个指甲印子,他的小脚丫上也有两个指甲印子。

"谁竟敢伤害你?"巨人大声责问道,"快告诉我,看我拿上我的大剑,去把他砍了。"

"不!"孩子回答说,"这是爱的伤痕呀。"

"你是谁?"巨人问道,一种莫名的恐惧传遍他全身,他在小男孩儿面前跪下了。

小男孩儿对巨人微笑着跟他说:"你曾经让我在你的花园里玩耍过,今天你跟我到我的花园去吧,那是天堂。"

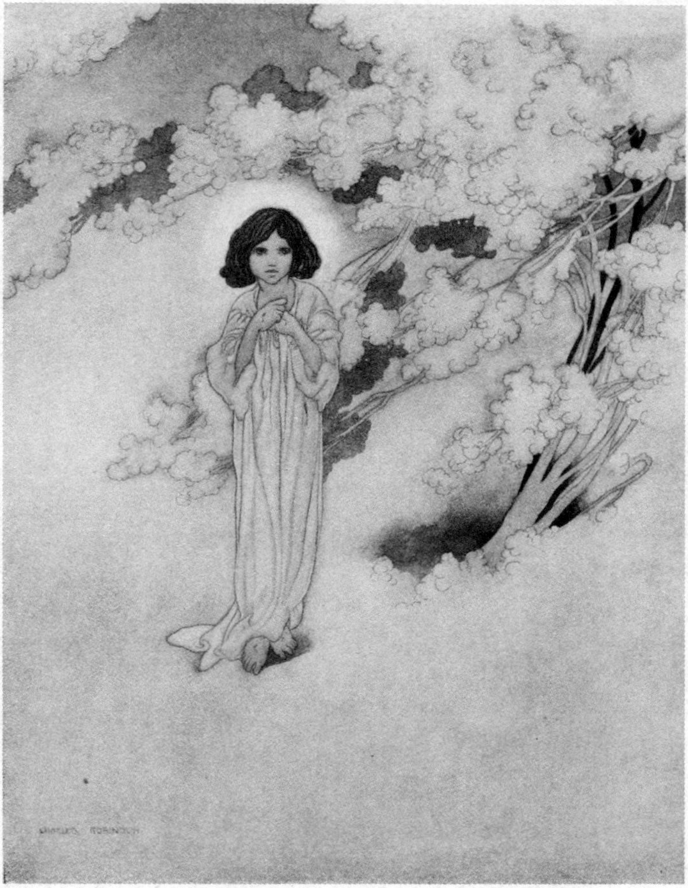
CHARLES ROBINSON

那天下午孩子们跑进来时,发现巨人躺在那棵树下死了,身上盖满了白色的鲜花。

忠诚的朋友

　　一天早上,老河鼠从他的洞口探出头来。他有一对贼亮的圆溜溜的眼睛,硬刷刷的灰胡子,尾巴长得像一截长长的黑橡皮。小鸭子在水塘里戏水,一眼看去像一群黄黄的金丝雀,他们的妈妈一身洁白,两腿赤红,正在努力教他们在水中倒立的要领。

　　"你们只有能够倒立在水中,才能永远出人头地。"她不停地跟他们念叨;她经常亲自演示给他们如何掌握要领。可是小鸭子并没有认真听她。他们年幼不懂事,不知道在社会上什么才是一技之长。

　　"多么不听话的孩子啊!"老河鼠嚷道,"他们只配在水里淹死。"

　　"这也没有什么,"鸭妈妈说,"万事开头难啊,做父母的就得有耐心。"

　　"唉!我对做父母的感情一窍不通,"河鼠说,"我不是一个有家室的人。事实上,我压根儿就没有结过婚,也从来不打算结婚。爱情这玩意儿好倒是好,可是友谊更胜一筹呀。说实话,在世界上我最欣赏忠诚的友谊,我觉得它崇高,珍贵,胜过一切。"

"那么,请问,你认为忠诚的朋友有哪些责任呢?"附近柳树上的一只绿红雀听见了这场谈话,问道。

"是呀,这也正是我想知道的。"鸭妈妈说;她游到水塘的另一头,一头扎进水里倒立起来,让她的孩子们好好学学她的样子。

"多么愚蠢的问题!"河鼠叫道,"当然我期望我的忠诚朋友对我忠诚了。"

"那你回报什么呢?"小绿红雀问着,在一枝小花上悠来悠去,扑棱着他的小翅膀。

"我不明白你的话。"河鼠答道。

"说到这个话题,我来给你讲一个故事吧。"绿红雀说。

"这个故事是说我的吗?"河鼠问,"如果是这样,我就好好听一听,因为我太喜欢虚构的玩意儿。"

"很适合你听听。"绿红雀回答说;他飞下树枝,落在池岸上,开始讲忠诚朋友的故事。

"从前,"绿红雀说,"有一个名叫汉斯的诚实的小家伙。"

"他很有名气吗?"河鼠问道。

"不,"绿红雀回答说,"我看除了心地善良,他一点名气都没有,一张圆脸总是又喜兴又和善。他住在一间小房子里自己过日子,每天都在他的花园里干活儿。在整个乡下就数他的花园生机盎然。花园里长满美洲石竹、桂竹香、荠菜和布谷鸟剪秋罗。还有大马士革蔷薇、黄玫瑰、紫色的报春花、金罗兰、紫罗兰和白罗兰。还有美洲耧斗菜、草地碎米荠、茉乔栾那、野罗勒、立金花、鸢尾花、黄水仙和粉丁香。它们随着月份井然有序地争奇斗艳,一种花儿开败了另一种花儿接着开放,这样花园里就总有美景供观赏,总有芳香供嗅闻。

"小汉斯有许多朋友,不过其中最忠诚的朋友是磨坊主大个子休。富有的磨坊主确实对小汉斯忠诚有加,不分彼此,每次路过小汉斯的花园都会探过墙头摘一大把芳香的花草,赶上结果季节,他还会往他的口袋里装满李子和草莓。

"'真正的朋友应该有难共患有福同享。'磨坊主常说,小汉斯听了点头微笑,深为交上一个有这样高尚思想的朋友感到自豪。

"有时,邻居们确实想不通,这个富有的磨坊主从来没有回报过小汉斯什么东西,尽管他在磨坊里贮藏着一百袋面粉,养着六头奶牛,还有一大群产毛羊;但是汉斯从来没有为这些事情动过心思,只要能听到这个磨坊主美妙的谈吐,听他不断谈论忠实友谊的无私精神,就比什么都让他感到快活。

"小汉斯在花园里继续干活儿。春天、夏天和秋天的日子,他都过得很快乐。但到了冬天,他没有水果和花儿拿到市场去卖,忍饥挨饿是常有的事,经常吃几个干梨或者坚果,就上床睡觉了。冬天的日子他过得也形单影只,因为磨坊主从来不来看望他。

"'大下雪天,我去看望小汉斯不好呀,'磨坊主惯常和他老婆说,'人要是有了麻烦,他们应该独自呆着,客人不要去打扰。这至少是我对友谊的看法,而我敢说我的看法是对的。所以我要等到春天来了才去看望他,他会送给我一大篮子报春花,他心里会非常快乐的。'

"'你对别人想得真是周到,'他老婆答话说,她这时正坐在

31

舒服的扶手椅子里守着熊熊燃烧的松木火取暖；'的确想得十分周到。听你谈论友谊是一种享受。我敢说连那个教士都说不出你这样中听的话，别看他住在一幢三层楼大住宅里，小拇指上还戴着一个金戒指。'

"'可是我们不能把小汉斯叫到这里来吗？'磨坊主最小的儿子问道，'可怜的小汉斯要是有了麻烦，我会把我的粥让他一半喝，让他看看我的白兔子。'

"'你这孩子真是蠢材！'磨坊主大叫道，'我真不明白送你上学有什么用处。你看样子什么都没有学会。唉，要是小汉斯到这里来，看见我们暖和的火，看见我们丰富的晚餐，看见我们的大桶红葡萄酒，他也许会眼红我们呢，红眼病可是不得了的毛病，到头来会坏人本性的。我当然不能让汉斯坏了本性。我是他的莫逆之交，我要时时刻刻看住他，不能眼见他受到各种诱惑。再说，要是汉斯到这里来，他没准儿会要我借给他一些面粉，那我可不干。面粉是一种东西，友谊是另一种东西，这两样东西是不能混为一谈的。瞧，单词的拼读不一样，意思就大不相同。谁都明白这个。'

"'你说得多好啊！'磨坊主的老婆一边说，一边给自己倒了一大杯热乎乎的啤酒；'我真有点困了，都快睡着了。这种感觉跟在教堂时一模一样。'

"'好多人做得不错，'磨坊主回答说，'可是很少有人说得不错，这说明说话要比做事难得多啊，因此也就是更值得干的事情了。'他隔着桌子严厉地看着他的小儿子，这个小孩儿因此觉得无地自容，把头垂得低低的，满脸通红，眼泪流进了他的茶水里。毕竟他年纪太小，你必须体谅他才是。"

"这就是故事的结尾吗?"河鼠问道。

"当然不是,"绿红雀回答说,"这才刚刚开始。"

"你这话可就落后时代了,"河鼠说,"今天的讲故事高手都是从故事结局讲起的,然后往开头一路讲去,最后在中间打住。这是新方法。前几天我听见一位和一个年轻人围着水塘转的批评家发表这一番高论的。他对这事谈得很有深度,我敢保证他句句话都对,因为他戴着一副蓝眼镜,头顶光秃秃的,只要那个年轻人发表看法,他就不屑一理地答道:'呸!'不过还是接着讲你的故事。我对磨坊主喜欢得不得了。美好的感情我也是应有尽有,所以我们俩是英雄所见略同啊。"

"哦,"绿红雀说,一会儿用一条腿蹦蹦跳跳,一会儿换成了另一条腿,"冬天一过去,报春花开始绽开它们的淡黄色小星花,磨坊主跟他老婆说,他要到下面看看小汉斯。

"'哎呀,你的心好善良!'他老婆叫道,'你总是想着别人。你可别忘了带一个大篮子,多带些花儿来。'

"于是,磨坊主用一条结实的铁链把风车叶拴紧,手挎篮子下了山。

"'早上好,小汉斯。'磨坊主说。

"'早上好。'汉斯倚着铁铲说,笑得一脸灿烂。

"'你冬天过得好吗?'磨坊主说。

"'嗬,好啊好啊,'汉斯大声说,'多谢你的问候,确实很好。恐怕我打发走了一段难过的日子,但是现在春天来了,我很高兴,我所有的花儿都长得很好。'

"'我们在冬天经常谈到你,汉斯,'磨坊主说,'不知道你日子过得怎么样。'

"'多亏你想着,'汉斯说,'我还以为你早把我忘了呢。'

"'汉斯,你这话让我感到吃惊,'磨坊主说,'友谊永远忘不了。友谊的不同凡响就在这里,不过我担心你理解不了生活的诗情画意。喂,我说你的迎春花儿长得实在喜人呀!'

"'它们当然长得喜人。'汉斯说,'我种了这么多,真是我的莫大幸运。我正要把它们弄到市场上,卖给市长的女儿,用卖花儿的钱把我的独轮手推车赎回来。'

"'赎回你的独轮手推车吗?你不是说你把它卖了吗?干那种事可是很愚蠢的!'

"'哦,实际情况是,'汉斯说,'我不卖不行啊。你知道,冬天对我来说是很难熬的日子,我真的没有一点钱来买面包吃。因此,我先是把我星期天外套上的银扣子卖掉了,接着又卖掉了我的银链子,后来我又卖掉了大烟斗,最后卖掉了我的手推车。不过我现在又要把它们都赎回来了。'

"'汉斯,'磨坊主说,'我把我的手推车送给你好了。手推车不大好用了;是呀,车的一边已经没了,轮子辐条也有毛病;不过毛病归毛病,我还是送给你算了。我知道我这人出手大方,人家一听我舍得把它送给人准都会以为我傻透了,可我不屑跟这帮人同流合污。我认为慷慨是友谊的本质,再说了,我手头已弄到新手推车了。是呀,你尽管放宽心好了,我准会把我的手推车送给你的。'

"'哦,你真慷慨大方,'小汉斯说,他圆乎乎的脸上高兴得直放光,'我很容易就把它修好了,我房子里正好有一块板子。'

"'一块板子!'磨坊主说,'噫,我修补我的仓库顶正需要一块板子呢。仓库顶上那窟窿可真叫大呀,我要不赶紧堵上,里面的玉米就该淋湿了。巧得很,你说得正是时候!这才真是善有善报呢。我才把我的独轮车送给了你,你就把你的木板送给我了。当然,那独轮手推车远不只值一块木板了,可是真正的友谊从来不在乎这种鸡毛蒜皮。快去取来吧,我今天就用它修理仓库。'

"'没问题。'小汉斯大声说,跑进小屋里把那块木板拖了出来。

"'这板子不怎么大呀,'磨坊主打量着板子说,'恐怕我堵上我的仓库顶后就留不下你修理手推车的料了;不过这当然不是我的错。你看,既然我把手推车送给你了,我敢说你准会回报我一些花儿的。这是篮子,请你把它装得满满的。'

"'装得满满的?'小汉斯说,显得十分为难,因为那篮子实在是太大了,小汉斯知道要是他把篮子装满了,那么他就没有花儿拿到市场卖了,他可一心想把他的银扣子赎回来呀。

"'得了,真是的,'磨坊主答道,'我连自己的手推车都送给你了,我想我要你几朵花儿总不算过分吧。我也许有不妥之处,可是本以为友谊,真正的友谊,是一点不应该跟任何私念沾边儿的。'

"'我亲爱的朋友,我最好的朋友,'小汉斯大声说,'我花园的花儿就是你的花儿。你的意见太好了,我得先按你说的办,不想银扣子的事了。'他跑去把美丽的迎春花全都拔来,装满了磨坊主的篮子。

"'再见,小汉斯。'磨坊主说,肩上扛起木板,手里提着大篮子,向山上走去。

"'再见。'小汉斯说,开始继续快活地挖花园的土地,为那辆手推车高兴得什么似的。

"第二天他正在门廊里钉挂一些忍冬,这时听见磨坊主在大路那边喊他。他于是跳下梯子,跑过花园,从墙上往远处张望。

"磨坊主背着一大口袋面粉站在那里。

"'亲爱的小汉斯,'磨坊主说,'你把这袋面粉给我背到市场上好吗?'

"'噢,真是对不起,'汉斯说,"可我今天实在是太忙了。我得把我的这些攀藤植物都钉挂起来,把花儿都浇上水,把草都滚轧一遍。'

"'得了,真是的,'磨坊主说,'我认为,我把我的手推车都要送给你了,你这样一口拒绝了我是很不够朋友的。'

"'噢,别这样说话,'小汉斯叫道,'我无论如何也不会不顾友情。'他跑进去戴上帽子,背上那个大袋子步履沉重地去了。

"那天天气热得要命,路上到处是尘土,好不容易走到第六块里程碑,就累得坐在地上歇口气儿。但是,他勇敢地继续往前走,终于到达了市场。他在市场上等了不多一会儿,就把那袋面粉卖了一个好价,随后马上返回家来,因为他害怕耽误得太晚,在路上会碰上强盗。

"'今天的活儿可真累得够呛,'小汉斯一边上床睡觉一边心下琢磨,'不过好在我没有拒绝磨坊主,他毕竟是我最好的朋友,况且他还要送我他的手推车呢。'

"第二天一大早磨坊主下山来要面粉钱,可是小汉斯累得睡过了头,还在床上呆着。

"'我的天哪,'磨坊主说,'你很懒啊。哎呀呀,瞧瞧我就要把我的手推车送给你了,我以为你会更卖力地干活儿呢。万恶懒为首啊,我当然不喜欢我的任何朋友无所事事,一副懒洋洋的样子。你一定不要在意我跟你说话心直口快。要是我不是你的朋友,我才不会这样干呢。可是,如果一个人连真话都不说,那么友谊又有啥好的?甜言蜜语谁都会说,奉迎人吹捧人谁也会干,可是真正的朋友总是讲些不中听的话,不惜让人感到难堪。真的,你要真正算得上朋友,你就宁愿讲些逆耳忠言,因为你知道你干得没错。'

"'我很对不起,'小汉斯说,揉着眼睛把睡帽揭下来,'可是我累得不行,本以为可以在床上多休息一会儿,听听鸟儿唱歌。你知道吗?我听听鸟儿唱,干活儿总是很带劲儿。'

"'哦,你有这习惯,我很高兴,'磨坊主边说,边拍拍小汉斯的背,'我正想等你穿好衣服立即去磨坊,把我的仓库顶修补一下呢。'

"可怜的小汉斯正着急到他的花园去干活儿,他的花儿两天都没有浇水了,可他又不愿意拒绝磨坊主,他真是磨坊主一个忠心耿耿的朋友。

"'我要是说我很忙,你不会认为我不讲情面吧?'小汉斯不好意思地赔着小心说。

"'哦,哪里哪里,'磨坊主说,'我不认为我过分要求了你什么,毕竟我要把我的手推车送给你了;不过,当然,你要是拒绝了,我会亲自去干的。'

"'嗷!那可不妥当。'小汉斯叫道;从床上跳下来,穿好衣服,上山到仓库去了。

"他在仓库整整干了一天活儿,干到太阳落山,这时磨坊主来看他干活儿干得如何。

"'你把仓顶的窟窿堵上了吗,小汉斯?'磨坊主用欣喜的声音说。

"'这下可算补好了。'小汉斯回答道,从梯子上走了下来。

"'啊!'磨坊主说,'再没有为别人干活儿更让人心情畅快了。'

"'能听你说话可真是难得,'小汉斯答道,坐下来擦额头的汗水,'真是难得啊。可我觉得我这辈子都不会像你一样有这样美丽的想法。'

"'哦!美丽的想法会找到你头上的。'磨坊主说,'可是你必须付出更多的辛苦。目前你还只是在实践友谊;总有一天你会升华的。'

"'你真的认为我会升华吗?'小汉斯问道。

"'我一点都不怀疑,'磨坊主答道,'不过既然你把仓库顶修好了,那你还是回家休息为好,因为我想让你明天赶上我的羊群上山放去。'

"可怜的小汉斯对这一要求什么话也不敢多说,第二天一大早磨坊主把自己的羊群赶到小农舍前,汉斯接上羊群到山上放去了。赶着羊去,赶着羊回来,搭上了一天工夫;他回来后累得难以支撑,在椅子上就睡了过去,直到第二天天大亮才醒来。

"'我终于能在我的花园里干活儿了,真是再快乐不过。'他说完,马上开始去劳作了。

"但是无论如何他是再也不能够安心照顾他的花儿了,因为他的朋友磨坊主总是来给他找这样那样的事干,或者要他去磨坊帮忙。小汉斯有时深感苦恼,生怕他的花儿会以为他早把它们忘到了脑后，但是聊以自慰的是他想到了磨坊主是他最好的朋友，'还有，'他经常说，'他要把他的手推车送给我，这完全是一种慷慨的行为。'

"因此，小汉斯就继续为磨坊主干活儿，磨坊主对友谊说了许多漂亮话，小汉斯听了还记在了笔记里，到了夜晚反复诵读，俨然一个一丝不苟的小学者。

"话说一天夜里，小汉斯坐在火炉边取暖，门边传来砰砰的拍门声。那是一个夜黑风高的晚上，房子周围风在呜呜地吼叫，起初他以为是暴风吹得门响。但是门外又响起敲门声，接着第三下，声音比前两下还震耳。

"'是哪个可怜的行路人吧。'小汉斯心下说着，跑到门边开门。

"门口站着磨坊主，一手提着灯笼，另一只手拄着长棍子。

"'亲爱的小汉斯，'磨坊主嚷嚷说，'我遇上大麻烦了。我的小孩子从梯子上掉下来摔坏了，我得去给他请大夫来。但是大夫住得很远，这会儿的天气又这么恶劣，我一想你替我去倒是更合适。你知道我要送给你我的手推车，你应该反过来为我干点什么事才公道！'

"'当然，'小汉斯大声说，'你能找到我门上，我认为这是抬举我，我马上就去。可是你必须把你的灯笼借给我用用，瞧这夜晚伸手不见五指，我害怕我会掉进深沟里。'

"'我很遗憾，'磨坊主说，'这是我的新灯笼，一旦有个好歹，我的损失就惨了。'

"'哦，千万别在意，我没有它也行。'小汉斯大声说，拿下他的大皮外套，戴上暖和的大红帽子，脖子上系了一条围巾，匆匆上路了。

"那是一场多么可怕的暴风雨啊！夜色漆黑,小汉斯几乎什么也看不见;夜风吹得人七倒八歪,小汉斯站着都困难。然而,他表现得异常勇敢,跋涉了三个多小时,终于来到大夫家,敲响了门。

"'谁在敲门?'大夫喊道,从卧室窗户探出头来。

"'小汉斯呀,大夫。'

"'你有什么事吗,小汉斯?'

"'磨坊主的儿子从梯子上掉下来,摔伤了,磨坊主让你马上去看看。'

"'马上就去!'大夫答着,让人备马,穿上大靴子,提着灯笼,走下楼来,骑上马朝磨坊主家的方向赶去,小汉斯在后面费力地跟着。

"但是暴风雨越来越猛烈,大雨瓢泼,小汉斯看不清自己往哪里走,也跟不上马匹。最后他迷了路,在非常危险的沼泽地跌跌撞撞,不慎掉进了深窟窿里,可怜的小汉斯淹死了。他的尸体漂浮在一个大水塘上面,第二天被一些牧羊人发现了,他们便把小汉斯送回了那个小农舍。

"大家都去参加小汉斯的葬礼,因为他深受大家喜爱,磨坊主当上了丧主。

"'我是他最好的朋友,'磨坊主说,'理当得到最好的位置嘛。'于是磨坊主走在送葬队伍的前面,人们穿着长长的丧服跟在后面,他时不时用一方大手绢擦着眼睛。

"'小汉斯这一去,对谁都是一个大损失啊。'铁匠说。这时葬礼已经结束,人们都舒舒服服地坐在酒店里,喝着可口的葡萄

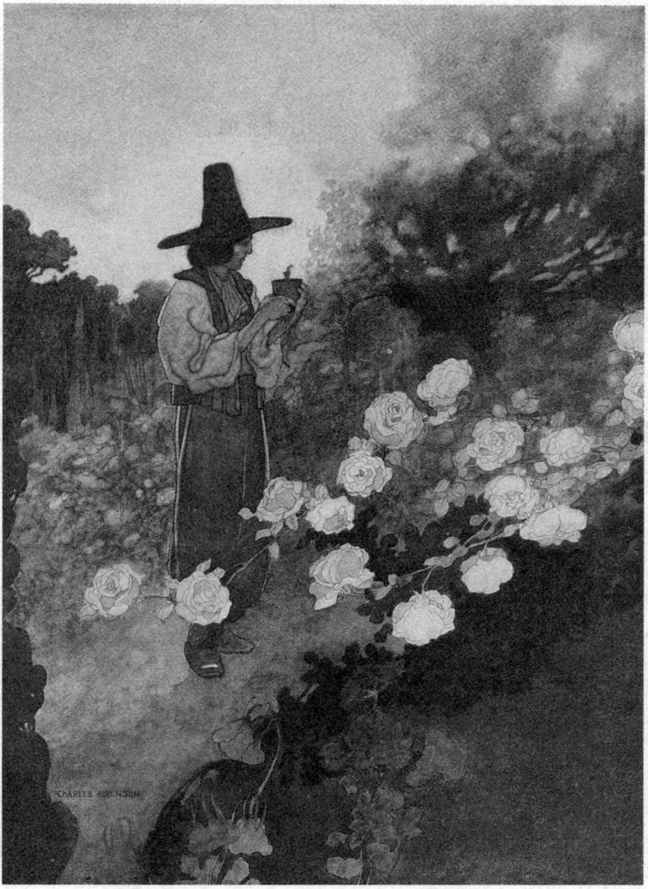
CHARLES ROBINSON

酒,吃着香甜的糕点。

"'不管怎么说我损失最大啊,'磨坊主说,'唉,我事实上等于把我的手推车送给他了,这下我是真的不知道怎么处理它了。它在我家太碍事,它又破得稀里哗啦,就是卖掉它也得不到一分钱。我以后当然会处处小心,不再送人家什么东西了。一个人出手大方也往往苦不堪言。'"

"后来呢?"河鼠等了好一会儿,问道。

"噢,这就是结尾呀。"绿红雀说。

"那磨坊主到底怎么样了?"河鼠问道。

"啵!那我就不清楚了,"绿红雀回答说,"我也根本不关心那个。"

"事情明摆着,你骨子里没有同情心。"河鼠说。

"我看你并没有完全领会这个故事的寓意。"绿红雀说。

"什么什么?"河鼠尖叫道。

"寓意。"

"你是说这个故事里含有一种寓意吗?"

"当然。"绿红雀说。

"得了,真是的,"河鼠十分生气地说,"我认为你开讲前就应该跟我讲清楚这个;要是你讲清了,那我当然不会听你胡扯;事实上,我会像那个批评家一样,说一声'呸'的。不过我现在说也不晚。"于是,他扯尖嗓子嚷嚷了一声"呸",尾巴嗖地甩了一下,钻回他的洞里去了。

"你看河鼠这家伙怎么样?"鸭妈妈说完,扑扑啦啦打了一会儿水,"他的高论实在不少,不过我这个人呀,总是一副慈母心肠,一看到一个不可救药的光棍儿,眼泪就忍不住要往下淌。"

"恐怕我惹他生气了,"绿红雀答道,"事实上是我给他讲了一个有寓意的故事。"

"哎哟哟!那本来就是一件干不得的危险事情嘛。"鸭妈妈说。

我完全同意她的看法。

非凡的火箭

国王的儿子要结婚,各种大庆小庆是少不了的。他等新娘等了整整一年,新娘终于到来了。新娘是一位俄罗斯公主,坐着六只驯鹿拉的雪橇从芬兰一路赶来了。雪橇的样子像一只金色大天鹅,这位纤巧的公主本人坐在天鹅的翅膀中间。她的貂皮外衣长及她的纤脚,头上戴着一顶银纱小帽子,脸色宛如她过去一直住的"雪宫"一样苍白。她的脸色苍白异常,她坐着雪橇穿过街心时,所有的人都暗暗惊奇。"她像一朵白玫瑰!"他们呼叫着,纷纷从阳台上往她身上抛花儿。

在城堡的大门前,王子正在迎接她。王子有一双朦胧的紫罗兰色眼睛,头发像纯金般金黄。王子看见新娘时,跪下一条腿,吻了新娘的手。

"你的画像很美丽。"他小声说,"但是你比你的画像还美丽。"娇小的公主一下子脸红了。

"她刚才还像一朵白玫瑰,"小侍童对身边的人说,"可是她现在一下子成了一朵红玫瑰了。"整个宫廷听了都很高兴。

接下来的三天,大家都在传着一句话:"白玫瑰,红玫瑰;红玫瑰,白玫瑰。"国王下了圣旨,这个侍童的俸禄增加一倍。因为侍童根本没有俸禄,这道圣旨对侍童来说跟一张白纸差不多,但圣旨就是圣旨,荣誉是不同一般的,这件事当然及时地登载在《宫廷报》上。

三天过去,婚礼正式举行。这是一场洋洋大观的婚礼,在一顶缀满珍珠的紫色天鹅绒华盖下,新娘和新郎手拉手缓缓走过。然后是盛大的国宴,持续了五个小时。王子和公主坐在大厅的首席,喝干了一水晶杯酒。只有真心相爱的情侣才能用这样的水晶杯喝酒,因为虚假的嘴唇一旦触及它,它便会变得灰暗无光,混浊不清。

"很显然他们彼此真心相爱,"小侍童说,"如同水晶一样透亮清澈!"国王又下旨给他涨了一倍俸禄。"无上荣耀呀!"全体朝臣纷纷道贺说。

国宴过后是舞会。新娘和新郎将要一起跳玫瑰舞,国王已答应吹笛伴乐。国王吹笛子吹得很差劲,可是谁也不敢跟他说明这点,因为他是一国之君呀。的确,他只懂两种调子,却又从来弄不清楚他正在吹奏哪一种;但是这丝毫没有关系,因为不管他吹奏成什么样子,谁都得大声喝彩:"好听啊!好听啊!"

最后一项庆祝活动是大放焰火,在午夜时分准时开始。这位纤弱的公主长这么大还没有看见过放焰火,因此国王早已下了圣旨,皇家焰火匠在婚礼那天到场凑趣。

"焰火是个啥样子呢?"一天早上,她问王子说,边说边在平台上走动着。

"焰火就像北极光。"国王说;他惯爱抢答问别人的问题。"只是更普通一点。我倒觉得更像星星,它们一放起来你就明

45

白了,像我吹笛子一样赏心悦目。你肯定会看见它们的。"

这样,在国王花园的一端搭起了一个大架子,皇家焰火匠将一切安排停当后,焰火们马上交谈起来。

"这世界的确非常美丽,"一个小爆筒大声说,"快瞧瞧那些黄郁金香。啊!就算它们是真的爆竹,那也不会比这看上去好看。我很高兴我旅行过。旅行使人大长见识,摆脱一切偏见。"

"国王的花园算不上世界,你这傻爆筒,"一个大焰火筒说,"世界是一个大得不能再大的地方,你花上三天时间把它看遍就不错了。"

"不管哪里,只要你爱它,那儿就是你的世界。"一个转轮焰火忧心忡忡地说。她老早就被缚在了一个旧松木盒子上,颇为她破碎的心感到自豪;"可是爱这东西不再时髦了,全让诗人扼杀了。他们把爱写滥了,谁都不信他们的了,我早料到这一步了。真正的爱是受熬煎,是沉默无语。我自己记得有一次——不过现在想想也没有什么。浪漫这东西是老皇历了。"

"胡说八道!"大焰火筒说,"浪漫情调从来不死。它就像那月儿,天长地久。比如说,新娘和新郎这么年轻就彼此相爱了。我碰巧和糙纸做的药筒呆在一个抽屉里,今天早上我听到新娘新郎的所有故事,还听说了宫中的最新消息。"

但是转轮焰火摇了摇头:"浪漫这东西死了,浪漫这东西死了,浪漫这东西死了呀。"她小声嘟哝说。有些人以为只要你没完没了念叨同一件事情,它终会如你所说,转轮焰火就是这种人。

突然,一声尖厉的干咳声传来,他们纷纷四下张望。

原来是捆绑在长棍子端头的目无一切的大火箭在咳嗽。他只要开口说话就先咳嗽起来,把别人的注意力吸引过来。

"啊嗨!啊嗨!"他干咳着,大家于是支起耳朵,只有转轮焰火仍在摇头叹息,小声念叨说:"浪漫这东西死了。"

"秩序!秩序!"一个爆竹吆喝道。他也算是一个政治家了,在地方选举中还总能居领先地位,因此对议会的一套行话了如指掌。

"早死净了。"转轮焰火念叨说,睡了过去。

周围变得鸦雀无声时,火箭又咳嗽一声,开口讲话了。他说话的声音非常缓慢,但很清晰,仿佛在口授研究报告,他总是俯视着他的说话对象。不用说,他的做派显得特别高雅。

"国王的儿子真叫走运,"他说,"他结婚的那天我正好被燃放。真的,事先要是早有安排,那到头来对他倒不见得有多好;不过王孙公子总是吉星高照啊!"

"天哪!"小爆筒说,"我过去想得正好相反,以为我是沾了王子的光才被燃放的。"

"你的情况也许是这样,"他回答说,"而且我对此也深信不疑,可是我的情况就大不一样了。我是一枚非凡的火箭,父母也出类拔萃。我母亲活着风光时是赫赫有名的转轮焰火,她的舞姿风流绰约是尽人皆知的。她在大庭广众前露面的时候,一口气旋转上十九次才熄灭,而且每旋转一次她就往空中抛去七颗粉色的星星。她的直径有三英尺半宽,是用最好的黑色火药做的。我的父亲和我一样,是一枚火箭,法国血统。他嗖地直冲云霄,人们都以为他一去不复返了呢。不过他还是返回来了,因为他生性随和,他像一阵灿烂的金雨从空中飘然而落。大小报纸纷纷极尽溢美之词,赞扬他表演得淋漓尽致。真的,《宫廷报》

称赞他是焰火艺术的最好范例呢。"

"焰火技术,焰火技术,你是指这个呀,"一只信号焰火说,"我知道是说焰火技术,因为看见我自己的弹筒上写着这个词儿。"

"得得得,是我说到焰火技术的。"火箭说,口气十分严厉,信号焰火觉得当头挨了一棒,立即对身边的小爆筒开始吹胡子瞪眼睛,显示他不管怎样都是有身份的人物。

"我在说,"火箭接着说,"我在说——我在说什么来着?"

"你在说你自己呢。"焰火筒回答说。

"当然当然;我知道一谈到有趣的话题,就准有人横加打断。我顶不喜欢粗鲁无礼,凡是坏的行为举止我都讨厌,因为我这人特别敏感。这全世界再没有比我这人敏感的了,我对此深信不疑。"

"什么是敏感的人?"爆竹问焰火筒说。

"敏感的人嘛,因为他长了一脚鸡眼,就总是踩别人的脚趾头。"焰火筒悄悄地说;爆竹听了差点儿大笑起来。

"喂,你笑什么?"火箭问道,"我可没有笑。"

"我笑是因为我高兴呀。"爆竹回答说。

"这是再自私不过的理由,"火箭生气地说,"你有啥权利高兴?你应该多想想别人。实际上是你应该多想想我。我就总是想到我自己,而且指望别人也都这么做。所谓同情就是这么回事。这是美丽的德行,我这种德行可非一日之功。比如说,假如今天夜里我有个三长两短,这对谁来说都是一大不幸!王子和公主从此再没有幸福可言,他们的婚姻生活全都蒙上了阴影;至于国王,我知道他简直过不了这关。说真的,每当我想到我举足轻重的身份,我就感动得直掉泪。"

"如果你想给别人快乐,"焰火筒大声说,"那你还是不哭的好。"

"没错儿,"信号焰火大声呼应说,他这时的情绪好了些,"这可是个常识问题。"

"常识问题,一点不错!"火箭气呼呼地说,"你忘了我这人很不平常,非常冒尖的。哼,谁都可以有常识,可想象力呢?他们却没有。然而我有想象力,我从来就没有按事物的本来面貌去想;我总认为它们有截然不同的一面。至于我别总爱掉眼泪的问题嘛,很显然在场的各位都根本不懂感情是怎么回事。幸亏本人我不在乎。只有一件事情伴随终生,那就是念念不忘别人谁都有远不如人的一面,我一辈子都在培养这种感觉。可是你们这些人谁都没有感情。瞧瞧你们还笑,找快活,仿佛王子和公主根本没有结婚似的。"

"哦,真的,"一枚流星火花大声应道,"为什么要不高兴呢?这正是找乐子的机会,我飞上蓝天时,还打算把这一切都告诉星星呢。我跟他们谈论漂亮的新娘时,你们会看见他们在不停地眨眼睛。"

"哎呀!这种人生观真是太糟了!"火箭说,"不过这也不出我所料。你肚子里什么都没有,整个儿一个草包。得,王子和公主也许会去一个有深深的河流的国家生活,也许只生养一个儿子,一个一头美发、长着一双像王子本人一样的紫罗兰色眼睛的小男孩儿;也许有朝一日他会和保姆出来走走;也许保姆会在一棵枝繁叶茂的老树下睡着了;也许小男孩儿会掉进深河里淹死。多么可怕的灾难!可怜的人儿,失去了他们唯一的儿子!这确实令人心碎害怕！我永远都对付不了这种事。"

"可是人家并没有失去他们唯一的儿子，"焰火筒说，"他们根本就没遇上倒霉的事。"

"我从来没有说过他们赶上了倒霉的事，"火箭答道，"我只是说他们也许会有不幸。如果他们失去了他们唯一的儿子，那说什么话也枉然。我就不喜欢那些对着洒了一地牛奶哭嚎的人。不过我一想到他们也许会失去他们唯一的儿子，心里就非常非常难受。"

"你当然难受了！"信号焰火叫道，"事实上，你是我见过的人中最容易动情的。"

"你是我见过的最粗鲁的人，"火箭说，"你不理解我对王子的友谊。"

"得了，你根本就不认识他。"焰火筒嗷嗷回击说。

"我从来没有说过我认识他呀，"火箭回答说，"我敢说，要是我早就认识他，我根本不会成为他的朋友。认识自己的朋友可是非常危险的事情。"

"你真的还是不哭为好，"流星火花说，"这才是重要的事情。"

"我毫不怀疑对你来说非常重要，"火箭回答说，"不过要是我愿意，我就会哭。"他还真的泪如泉涌，像雨珠儿一样顺着他的棍子往下流，差一点儿把两只小甲虫淹死；这两只小家伙正在琢磨一起修房盖屋，找一处干爽的地方躲避风雨。

"他一定天生就具有真正的浪漫气质，"转轮焰火说，"因为这时候就根本没有他流泪的理由呀。"她深深叹息了一声，又寻思那个松木盒子。

但是焰火筒和信号焰火都非常生气,他们不停地说:"蒙人!蒙人!"声音大得不能再大了。他们都极讲实际,一旦反对什么,一概称之为蒙人。

不一会儿,月亮升起来了,宛如美丽的银盾;星星一片灿烂,宫里传出了悦耳的音乐。

王子和公主领衔起舞,身姿优雅,高高的白色百合纷纷从窗户往里窥视,观看他们跳舞;而硕大的红芙蓉摇头晃脑,打着节拍。

随后十点钟敲响了,然后是十一点,然后是十二点,午夜钟声敲完最后一下时,每个人都走出房子,来到阳台,国王命人去叫皇家焰火匠。

"下令放焰火吧。"国王说。皇家焰火匠深深地鞠了一躬,大步走到花园的那一头。他身边有六名助手,每个助手用一根长竿子举着一支点燃的火炬。

这确实是一幕壮观的表演。

嗖!嗖!转轮焰火一圈又一圈地旋转着。砰!砰!焰火筒飞上了天空。随后小爆筒到处飞舞,信号焰火把一切染得火红。"再见了,"流星火花大声喊叫着,直冲天空,撒下一路小小的蓝色火星。爆竹嘣嘣地回应着,快活得无以言表。除了非凡的火箭,每一个都表演得非常成功。由于哭泣流泪,浑身湿透,火箭根本没法发力离去了。他内里最好的东西是火药,却让泪水弄得精湿,一点用场都派不上了。他的所有穷亲戚他都从来不屑一顾,嗤之以鼻,这时却纷纷冲上天际,在一片片火光中像美妙的金花儿。"好哇!好哇!"整个宫廷呼喊着;娇小的公主笑得十分开心。

"我看他们是要留着我派什么大用场吧,"火箭说,"肯定就是这么回事。"他于是摆出一副更加目空一切的样子。

第二天,一帮干活儿的人来打扫场地。"这显然是一伙代表,"火箭说,"我得拿出点架子来接待他们。"于是他把鼻子翘得高高的,把眉头皱得紧紧的,仿佛他在考虑什么非常重要的问题。可是他们根本就没有注意他,眼瞅着就要走了。这时有一个人偶然瞧见了他。"嘻!"他大声叫道,"好一个哑火箭!"他把他从墙头扔到了阴沟里。

"哑火箭?哑火箭?"他在空中打着转儿自问道,"不可能!'大火箭,'这才该是刚才那个人说的话。'哑'和'大'听声音倒是挺像的,它们往往也就是一回事吧。"他掉进了泥水里。

"这里可不怎么舒服,"他说,"不过这里肯定是个时髦的水疗场,他们送我来休养身体的。我的神经的确全都乱了套,我需要休息一下。"

随后,一只小青蛙,眼睛明亮得像珠子,身穿一件绿色斑纹的外衣,游到他跟前来了。

"我看出来了,是新来的!"青蛙说,"哦,不管怎样还没有了泥地儿呢。给我个阴雨天儿让我呆在水沟里,我就很幸福了。你认为今天下午会有雨吗?我肯定欢迎下一场,可这天很蓝,一丝云彩都没有。多么遗憾啊!"

"啊嗨!啊嗨!"火箭说着就咳嗽起来了。

"你的声音可真好听!"青蛙大声说,"真的就像哇哇地叫唤,哇哇叫唤当然是世上最有音乐感的声音了。你今天晚上会听见我们合唱俱乐部的演唱。我们都坐在那农夫住宅旁的老鸭水塘里,月亮一上来我们就开始合唱。那声音十分迷人,大家都

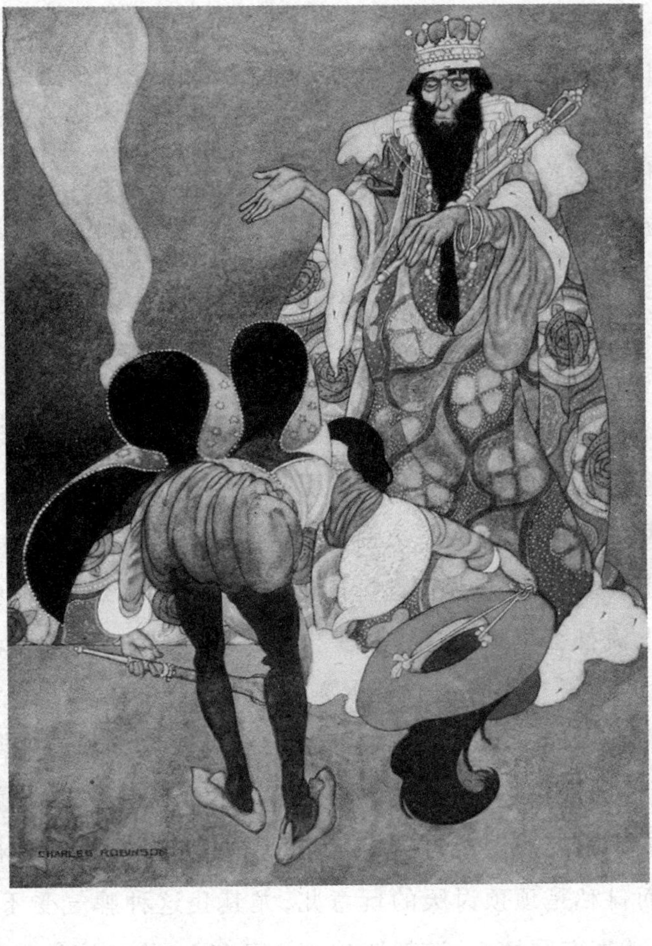
CHARLES ROBINSON

躺在床上不睡,听我们唱歌。事实上,只是在昨天我才听见农夫妻子跟她母亲说,因为我们唱歌她一夜都没有合眼。发现自己这么受人欢迎,真是令人再高兴不过了。"

"啊嗨!啊嗨!"火箭生气地说。他深为自己插不上嘴感到恼火。

"的确是悦耳的声音,"青蛙接着说,"我希望你也到那鸭子水塘去吧。我要去寻找我的女儿去了。我生养了六个美丽的女儿,我很担心狗鱼碰见她们。狗鱼是一个十足的妖怪,拿她们当早餐吃毫不犹豫。哦,再见;听我说没错,能跟你交谈我很高兴。"

"交谈,没错儿!"火箭说,"就听你一个人哇啦哇啦了。这根本不是交谈。"

"总得有听着的人呀,"青蛙回答说,"我这人就喜欢一个劲儿说个没完。这样省时间,免得引起争论。"

"可我就喜欢争论。"火箭说。

"我不希望争论,"青蛙扬扬得意地说,"争论是俗不可耐的事,在上流社会里谁都这样看。再一次跟你告别;我老远就看见我的女儿们了。"小青蛙游着水离去了。

"你完全是一个惹人生气的家伙,"火箭说,"没有一点儿教养。我讨厌那些夸夸其谈、口口声声离不开自己的人,你就这个德性;人家都还想谈谈自己呢,我就是这样。我称你这种行为是自私,而自私是顶顶讨厌的玩意儿,尤其我这种脾气受不了,因我生来就富有同情心,谁都知道的。事实上,你应该学习我的榜样。你能有我这样的榜样真是算你走运。既然你有了机会,你就要充分利用,因为我过不了多一会儿就要回宫中了。我可是宫廷的大宠儿；实际上，王子和公主昨天就是冲我的面子才举行婚礼的。你当然不知道这些事情了，活该你是一个乡下佬儿啊。"

"跟青蛙说话没劲，"一只蜻蜓说，他落在一株大棕色宽叶香蒲上，"一点劲也没有，瞧他竟然走开了。"

"噫，那是他的损失，对我没有什么，"火箭回答说，"我不会仅仅由于他不注意听就不跟他说话。我喜欢听我自己说话。这是我的一大乐趣。我经常自己滔滔不绝地说个没完，而且我这人学问太大了，我说的话有时连我自己也搞不懂。"

"那你真应该去教授哲学。"蜻蜓说，他展开一对活泼可爱的纱一样的翅膀，飞向天空。

"他也是傻子一个，竟不呆在这里！"火箭说，"我敢说他难得有这样的机会换换脑子。可是，我一点儿也不在乎。我这样的天才必有用武之地。"他往泥地里又坐下去一点儿。

过了一会儿，一只大白鸭朝这儿游了过来。大白鸭长着两条黄腿，带蹼的爪子，就因为她走路摇摇摆摆，被认为是大美人儿一个。

"呱呱呱，呱呱呱，呱呱呱，"她说，"你这副样子可真叫稀罕！我可以问一声，你生来就这副样子，还是一场事故造成的？"

"一听你这话就知道你守着这乡下没见过世面，"火箭回答说，"否则你是知道我的身世的。不过我不计较你的无知。指望别人像自己一样非凡，这显然是不公道的。我能嗖地飞上天空，像金色阵雨一样落下来，你听了这话肯定会感到惊讶。"

"我根本不这样看，"鸭子说，"我看这对别人一点用处也没有。瞧，要是你能像牛一样犁地，像马一样拉车，像柯利狗一样看护羊群，那你才算得上个人物呢。"

"我的好人儿，"火箭大声嚷道，那声音听来十分傲慢，"我看你是属于下层阶级的。像我这种身份的人从来都不是实用型的。我们都有几手专长，这就够吃遍天下了。我对辛勤劳作，不管哪行都不感兴趣，至于你好像极力推荐的那种辛苦活儿，就更是躲得远远的为好了。真的，我一贯认为，苦活儿累活儿只是那些什么活儿都干不了的人的最后去处。"

"嗬，嗬，"鸭子说，她生就一副和事佬脾气，从来不跟任何人争论，"萝卜白菜，各有所爱。不管怎样，我都希望你在这里定居下来。"

"噢！怎么会呢，"火箭大声嚷道，"我只是客人，一个有身份的客人。实际上我发现这地儿相当单调乏味。这里既没有社交活动，又没有安静去处。这根本就是城郊地带。我也许会回到宫廷去，因为我知道我命中注定要给这世界带来轰动。"

"我自己也曾经想介入公共生活，"鸭子说，"需要改革的事情多不胜举。真的，早些时候我在一次会议上当过主席，我们通过了一项项决议，谴责一切我们不喜欢的东西。但是，它们好像并没有发生多大作用。现在我一门心思在家务上，照顾好我的家庭。"

"我天生就是过公共生活的料，"火箭说，"我的所有亲戚也离不开公共生活，哪怕他们十分渺小。只要我们一出场，我们就会引起人们的极大注意。我实际上没有露面，可是我一旦露面，那场面可就好看极了。至于家务吗，这活儿很容易让人衰老，让人分心，不再想高雅的事情。"

"啊！生活中高雅的事情，它们是多么美好啊！"鸭子说，"可这倒让我想到我饿得要命了。"她向溪流下面游去，一路"呱呱呱"叫个不停。

"回来！快回来！"火箭尖声叫道，"我还有许多话要跟你说呢。"但是鸭子没有理睬他。"她走了倒让我高兴，"他心下说，"她满脑子都是中产阶级思想。"他又往泥里坐了坐，开始考虑天才的孤独境遇，这时两个穿着白罩衫的小男孩儿突然从岸上跑了下来，拿着一把水壶和一些柴棍棍。

"一定是那个代表来了。"火箭说，努力做出很有尊严的样子。

"喂！"一个男孩儿叫道，"快看这根旧棍子！多奇怪，它怎么到这里来了？"他从水沟里捡起火箭。

"旧棍子！"火箭说，"不可能！金棍子，这才是他应该叫的。'金棍子'才是很有礼貌的称呼。事实上，他误以为我是宫廷的一位权贵呢！"

"我们用它来烧火吧！"另一个男孩儿说，"水壶里的水能快点开。"

他们把柴火堆成了堆，火箭放在了最上面，然后点上了火。

"这下有好看的了，"火箭嚷嚷说，"他们要在光天化日下送我上天了，这样谁都可以看见我了。"

"我们现在睡一会儿吧，"他们说，"等我们醒了，水壶也烧开了。"他们躺在草地上，闭上了眼睛。

火箭完全湿透了，要点燃他得花很长时间，但是，火大没湿柴，他终于被点燃了。

"现在我要飞走了！"他嚷道，把身体绷得紧紧的，直直的，

"我知道我会飞得比星星还高,比月亮还高,比太阳还高。实际上,我要高高地飞到——"

嘶嘶!嘶嘶!嘶嘶!他径直飞向了天空。

"好开心!"他嚷道,"我就要这样一直飞上去了。我这下把风头出尽了!"

然而没有人看见他。

随后他开始感到全身上下一阵奇怪的刺痛。

"我现在要爆破了,"他嚷道,"我要让全世界刮目相看,兴奋一阵子;我要轰动一时,让所有的人一年之内不谈论别的事,就把我挂在嘴边。"他当然是爆炸了。砰!砰!砰!火药炸得震天响。这是毫无疑问。

但是谁都没有听见他引爆了,就是两个近在咫尺的小男孩儿也没有听见,因为他们睡得很香了。

随后他剩下的只有棍子了;棍子落在了正在水沟旁溜达的鹅的背上。

"天哪!"鹅大声叫道,"天怎么下起棍子雨了?"她赶紧跳进水里去了。

"我早知道我会制造一起特大轰动的。"火箭喘着气说,然后熄灭了。

年轻的国王

那是第二天就要举行加冕典礼的那天夜晚,年轻的国王独自坐在他的美丽的宫室里。他的宫臣都告辞离去,行前按加冕典礼那天的习俗纷纷头顶着地行大礼,退回宫殿的大厅,听礼仪教授的最后几节课;他们中的一些人依然还是老样子,我无须多说,这对一个朝臣来说是大不敬的。

这位小伙子——他才十六岁,确是一个小青年——巴不得他们早早离去,他如释重负地长出一口气,一下倒在他那绣花御榻的软垫上,躺在那里,瞪着眼睛,大张着嘴,既像一尊褐色林中人兽神,又像猎人刚刚捕捉的林中的小动物。

一点不假,他真的是被猎人们非常偶然地发现的;当时他四肢裸露,手持笛子,跟在一群山羊后面;他是那个牧羊人一手拉扯大的,一直认为自己是牧羊人的儿子。这个少年是老国王唯一的千金和人偷情的结果,对方的身份和她极不相配——有人说就是一个陌生人,因为笛子吹奏得动听迷人,让年轻的公主爱上了他;另有人说对方是一位里米尼①画家,公主对他表示过许多、也许过分的敬意,他却突然从城里消失,他在大教堂的活儿没有干完——这孩子刚刚出生一星期就在他母亲睡觉时被人偷走,交给一个普通农民和他的妻子照料,他们夫妇正好膝下没有儿女,住在森林中偏僻的地方,从城里要赶一天多的路程才能到达。按宫廷御医说,那个生下他的白人姑娘是死于悲伤或瘟疫;而另有人则说是用一杯配制好的意大利烈性毒酒让她服下,不到一小时就活活弄死了她;那个可靠的信差,把这孩子放在鞍子前面就跑了,等他跳下疲劳的马、敲开牧羊人小屋的柴门时,公主的尸体正在往挖开的墓穴里放。那是一片荒凉的墓地,位于城外。据说那个墓穴里还躺着一个人,死者是一个异常英俊美丽的青年,他的双手用绳子反绑着,胸部被捅了很多刀,衣服都被血染红了。

　　起码可以说这是个暗地里流传的故事。可以肯定的是,老国王弥留之际不知是追悔他的深重罪孽还是打心眼儿里希望他的王国能代代相传,命人去把这个小伙子找来,当着全体大臣的面,指定他是他的继位人。

　　好像从他被承认的那一刻起,他就对注定会对他的生活发生重大影响的美,显示出种种古怪的激情。凡是陪他去留给他使用的那套房间的人,都经常提到他一看见为他准备的精美衣服和大量珠宝快活得脱口惊叫;提到他脱掉他那身粗糙的皮束腰外衣和破旧的羊皮长袍时欣喜若狂的样子。一点不假,他有时会怀念起他在森林中无拘无束的生活,会对每天占去许多时间的宫廷繁礼缛节动辄大发脾气,但这令人入迷的宫殿——一

---

①　意大利一海港。

如人称所谓的"欢乐宫"——似乎是他寻欢觅乐的全新世界,他发现自己成了宫中的君王。但凡能摆脱宫中事务或接见下臣,他就会跑下镶满金色铜狮和明亮斑岩的大阶梯,从一间房子逛到另一间房子,从一道通廊走进另一道通廊,像一个人专心在美中寻找解痛灵,在美中寻找治病秘方。

在探索性旅行中——他就是这样称呼这些活动的,因为在他看来,他的确是在一块奇妙的土地上旅行,有时他由身穿飘拂的披风、饰带欢快跳动的细高红发宫廷侍从们陪着;但是更多的时候他独自行动,在某种敏捷的本能——简直就是一种本能的预知——支配下,他感悟到艺术的秘密最好是秘密地领悟;而美,如同智慧一样,钟情于那寂寞的崇拜者。

这一时期,许多有意思的故事都是讲述他的。据说,一位健壮的市长前来代表本城的全体市民发表一份华丽的演说,却发现他五体投地地跪在一幅刚刚从威尼斯运来的大画像前,好像在对某些新神顶礼膜拜。又有一次,他一连数小时不知哪里去了,人们找了半天才在宫殿北边塔楼的一间小屋子找到了他,他一副神情恍惚的样子,正在细细端详一枚雕刻着阿多尼斯[①]。人像的希腊宝石。另有故事传说,有人看见他用温暖的嘴唇深吻一尊修石桥时在河床里发现的古代石雕像冰冷的额头;这石雕像被认为是哈德良[②]的俾泰尼亚人奴隶。他还曾度过一个不眠之夜,观察月光下的恩底弥翁[③]的银塑像。

事实上一切珍奇贵重的东西都深深地迷住了他,他迫不及

[①] 古希腊罗马神话中的一著名美少年,为美神维纳斯所深爱。
[②] 哈德良(76—138)罗马皇帝,于 117—138 年在位。在不列颠曾修筑"哈德良长城"。
[③] 系月神深深恋爱的美少年。

待想弄到手中,就派遣许多商人四面出击:有的和北边海域粗俗的渔民一起去收买琥珀;有的去埃及搜寻只有在国王陵墓才找得到的珍奇绿松石,据说这种东西具有不可思议的魔力;有的去波斯购置丝毯和彩绘陶器;另有一些人去印度置办彩色象牙、月长石、翡翠镯子、檀香、蓝珐琅和细羊毛披巾。

然而,最让他念念不忘的是他将在加冕典礼上用的东西:皇袍,金线织的皇袍、镶嵌红宝石的皇冠、珍珠裹身的权杖。的确,这天夜里他躺在奢侈的御榻上,注视着壁炉里正在熊熊燃烧的大松木圆木,脑子里转悠的就是这个。皇袍图案出自当今最负盛名的艺术家们之手,数月前他就躬身审查,下旨交给技工不分昼夜赶制出来,并在全世界收集和图案般配的珠宝。他在幻觉中看见自己站立于大教堂高高的祭坛上,身穿华贵的龙袍,他那孩童般的嘴角露出顽皮而持久的微笑,他那黑黢黢林地般的眼睛放射出明亮的光芒。

过了一会儿,他从御座站起身,倚在烟囱的雕花斜墙上,四下打量着灯光暗淡的屋子。四壁都挂着代表"美神胜利"的悬垂物,摆放着玛瑙和天青石的大书柜占据一隅,而面朝窗户的是一个做工讲究、镶金涂漆的装板柜橱,只见上面摆着各种精致的威尼斯玻璃杯和一个暗纹石华杯。丝绸床罩上绣着淡白罂粟花,仿佛它们是从入睡者疲劳的手里落下来的;高高的槽形象牙细柱子把天鹅绒华盖支撑起来,华盖上翻上去一束束硕大的鸵鸟羽毛,如白色泡沫,直指银白色的回纹装饰天花板。一尊用青铜铸就的那喀索斯①。雕像笑容满面,将一面打磨得亮铮铮的

---

① 希腊神话里的美少年,深恋水中照出的他自己的影子。

镜子举过头顶。桌子上放着一只扁平的紫晶盒。

窗外,他可以望见大教堂那巨大的圆顶,朦朦胧胧的,宛如从影影绰绰的房屋上面鼓出的气泡,那无精打采的哨兵在河边薄雾笼罩的台地上来回走动。再往远处,在一片果园里,一只夜莺在欢唱。一抹淡淡的茉莉花香从敞开的窗子飘了进来。他把他那棕色的鬈发从额头往后梳理一下,拿起古琵琶,手指在弦上随意弹动。他发沉的眼睑垂了下来,一种少有的消沉一下子支配了他。他过去从来没有如此急切地,或说如此狂喜地感受到诸多美丽的东西的魔力和真谛。

钟楼响起午夜钟声时,他按响了铃,他的侍从进来毕恭毕敬地给他宽衣解带,给他倒上玫瑰水洗手,往他的枕头上撒了花瓣儿。过了一会儿,他们离开了屋子,他入睡了。

* * *

他在睡觉时做了一个梦,下面就是他的梦:

他觉得他站在一间又长又矮的顶楼间,周围一片丁丁当当的织机声。微弱的日光从格子窗户映照进来,他借光看见一个个瘦削的织工们在织机前埋头忙活。苍白的病恹恹的孩子们蜷缩在大梁上。梭子嗖地穿过经线时,他们就把沉重的筘座提上去;梭子停下时,他们放下筘座,把线紧紧压在一起。他们一脸饥饿相,瘦弱的手哆嗦个不停。一些憔悴的妇女围着一张桌子做针线活儿。到处都是刺鼻难闻的气味。空气又污浊又沉闷,墙壁湿气淋淋,淌着水流。

年轻的国王走向一个织工,站在他身边打量他。

织工气愤地看着他,说:"你看我干什么?难道你是我们老板派来监视我们的探子吗?"

"谁是你的老板?"年轻的国王问道。

"我们的老板!"织工恶狠狠地大声说,"是一个像我自己一样的人。当然,我们之间是有区别的——他穿金戴银而我衣衫褴褛,我饿得要死而他撑得难受。"

"这块土地是自由的,"年轻的国王说,"你不是任何人的奴隶。"

"在战争中,"织工回答说,"强者使弱者成为奴隶,而和平年代,富人使穷人成为奴隶。我们为活着干活儿,他们给我们可怜的工资逼我们去死。我们整天为他们卖苦力,他们在金库里堆砌金子,我们的孩子们过早夭折了,我们热爱的那些人的脸变得冷酷而邪恶。我们踩榨葡萄,别人喝葡萄酒。我们种下玉米,我们的餐桌上却没有吃的。我们戴着镣铐,却没有人能看得见;我们是奴隶,人却说我们享有自由。"

"所有的人都是这样吗?"他问道。

"所有的人都是这样的,"织工回答说,"年幼的是这样,年老的也是这样;女人是这样,男人也是这样;小孩儿们是这样,上了年纪的也是这样。商人虐待我们,我们必须对他们言听计从。教士乘车而过,捻珠祈祷,谁都不关心我们。贫穷从我们不见阳光的小巷溜进来,瞪着饥饿的眼睛;罪恶面无表情地接踵而来。苦难在一大早就把我们弄醒,耻辱夜里和我们坐在一起。可是这些事情与你有什么关系?你不是我们当中的一员。你一脸幸福哪。"他愁眉苦脸地离去,把梭子抛进织布机,年轻的国王看见梭子里带着一条金丝。

他顿时感到一阵巨大的恐惧,他跟织工说:"你在织什么样的长袍?"

"这是年轻的国王加冕典礼时要穿的袍子，"他回答，"这和你有什么关系？"

年轻的国王大叫一声醒来，瞧！他在他自己的寝宫里，透过窗户他看见一轮蜜黄色明月悬在暗淡的天空。

接着他又睡着了，做起梦来，梦境如下：

他觉得他躺在一艘大帆船的甲板上，一百名奴隶在挥桨划水。他身边的一块毯子上坐着帆船的船长。他黑如乌木，他的裹头巾是红绸布。大银耳环垂在他那厚厚的耳垂上，每只手里拿着一只银白色的天平。

奴隶们赤身裸体，只缠着一块破腰布，每个人都用铁链与相邻的人拴在一起。炎热的太阳火辣辣地烤着他们。他们伸开瘦巴巴的臂膊，在水里划着沉重的桨。咸涩的浪花在桨叶中翻飞。

最后他们到达一小海湾，开始测水深。岸上吹来一阵轻风，甲板和大三角帆上落了一层细红的尘土。三个阿拉伯人骑着野毛驴出来，向他们投掷标枪。帆船船长立即拿起一张彩色弓，射中了其中一个人的喉咙。他重重地摔进了浪头里，他的伙伴赶快得得得跑走了。一个女人罩着黄面纱，缓缓地跟在一峰骆驼后面，时不时回过身来张望那具死尸。

一等他们把锚抛下，收好帆索，黑人们就到货舱里拿出一架长绳梯，上面拴着沉甸甸的铅块儿。帆船船长把绳梯从船侧扔下海去，把绳梯的另一头紧紧地拴在两根铁支柱子上。随后黑人们抓住奴隶中最小的一个，取掉了他的手铐，往他的鼻孔儿和耳朵眼儿灌满蜡油，在他腰间系了一块石头。他疲乏地爬下绳梯，消失在海中。他下海的地方冒上来几个水泡。一些别的奴隶从船舷好奇地探视着。船头上坐着一个弄鲨人，不厌其烦地敲着一面鼓。

过了一会儿,潜水员从海水里浮上来,喘着粗气,右手拿着一颗珍珠,往绳梯上爬。黑人们抓过他手里的珍珠,又把他推向海中。奴隶们都趴在桨上睡着了。

他一次又一次浮上来,每一次上来他都带来一颗美丽的珍珠。船长把珍珠称过,放进一个小绿皮袋子里。

年轻的国王想开口说话,可是他的舌头好像粘在他的上颚上,嘴唇怎么也张不开。黑人们彼此交谈着,开始为一串明晃晃的珠子争吵起来。两只苍鹭在船周围飞来飞去。

后来,潜水者最后一次从水中上来,他带上来的那颗珍珠比所有的霍尔木兹①的珍珠还漂亮,它像满月那样有模有样,比晨星还耀眼。但是他的脸惨白如纸,倒在甲板上时,鲜血从耳朵和鼻孔里流了出来。他抽搐了一阵儿,接着就一动不动了。黑人们耸了耸肩,把尸体扔下了船。

船长见状哈哈大笑,伸出手把那颗珍珠拿起来,端详过后,他把珍珠按在额头,鞠了一躬。"这颗明珠,"他说,"将镶嵌在年轻国王的权杖上。"他挥手示意黑人们起锚开船。

年轻的国王听了这番话,不由大叫一声,从梦中醒来;他透过窗户看见黎明那长长的灰指头,紧紧抓着隐去的星星。

很快他又进入了梦乡,做了这样一个梦:

他觉得他在一片昏暗的林子里闲荡,树上挂满了奇怪的果子和美丽的毒花儿。他走过时蝰蛇冲他嘶嘶直叫,鲜亮的鹦鹉叽叽喳喳在枝头飞来飞去。巨龟在热泥中躺着睡觉。树间到处

---

① 波斯湾中的一个岛。

是猿和孔雀。

他走啊走啊,一直走到森林的外围,他在这里看见成千上万的人在干河床上劳作。他们像蚂蚁一样集聚在岩岸边。他们在地上挖深坑,走了进去。有些人用大斧头劈开岩石;另一些人在沙滩匍匐前行。他们把仙人掌连根拔起,踩踏上面的红色花朵。他们来去匆匆,互相呼喊,没有人闲着。

在一个岩洞深处,死亡和贪婪注视着人群,死亡说:"我累了;三分之一的人给我,让我走吧。"

但是贪婪摇了摇头。"他们是我的仆人。"她回答说。

死亡对她说:"你手里拿着什么?"

"我拿着三颗玉米粒,"她回答说,"你问这干什么?"

"给我一粒吧,"死亡说,"我把它种在花园里;只要一颗,我马上就走。"

"我什么也不会给你。"贪婪说着,把手藏进她衣服的褶子里了。

死亡大笑起来,拿起一个杯子,放进一个水池里,疟疾就从杯子里站立起来。疟疾在广大的人群中畅行无阻,三分之一的人立即倒地身亡。疟疾身后升起一股冷雾,一条条水蛇在她身旁乱跑。

贪婪一看三分之一的人都死了,心痛得捶胸哭泣。她捶打着她那不育的胸脯,大声哭叫起来。"你把我三分之一的仆人都害死了,"她哭叫道,"快给我走吧。鞑靼人的山区里正在打仗,双方的国王都在召唤你呢。阿富汗人把那头黑公牛杀死了,正往战场开赴。他们以矛击盾操练过了,把铁盔戴在了头上。我的山谷与你有什么关系,你非赖着不走?快走吧,别再到这

67

里来。"

"不,"死亡说,"你不给我一粒玉米,我就不走。"

然而贪婪攥紧手,咬紧牙关。"我什么都不会给你的。"她喃喃地说。

死亡大笑,拿起一块黑石头,扔进了森林,一片野毒芹丛里走出身着火焰长袍的热病。热病在人群中畅行无阻,见人就摸,被她摸过的人全都死掉了。热病踩过的草都纷纷枯萎了。

贪婪见了直打战,连忙往头上撒灰烬①。"你好冷酷,"她惊叫道,"你好冷酷啊。印度一些设防的城市里流行饥荒,撒马尔罕的水塘耗干了。埃及设防的城市里也流行饥荒,蝗虫是从大荒漠里出来的。尼罗河没有泛滥,祭士们都在诅咒伊西斯②和奥西里斯③。你快去那些需要你的地方,躲开我的仆人吧。"

"不,"死亡回答说,"你不给我一粒玉米,我就是不走。"

"我什么都不会送给你的。"贪婪说。

死亡又大笑起来,用手指吹响口哨,一个女人从天而降。只见她额头写着"瘟疫"二字,一群精瘦的秃鹰在她身边盘旋。她用翅膀把山谷覆盖上,无一人活了下来。

贪婪于是尖叫着在森林里飞奔,死亡跳上她的红马,疾驰而去,奔跑得比风儿还快。

山谷底上的稀泥里爬出许多龙和长着鳞片的可怕东西,豺在沙滩上跑来跑去,不时用鼻孔在空气里闻嗅。

年轻的国王哭了,说:"这些人是谁,他们在寻找什么?"

---

① 昔日人们撒灰于头上以示悲哀或悔恨。
② 古埃及的一女神。
③ 古埃及一神,为伊西斯所爱。

"为国王寻找红宝石啊。"站在他身后的一个人说。

年轻的国王大吃一惊,转过身来,看见一个人装扮得像香客,手里拿着一面银镜。

他马上脸色惨白,说:"为哪位国王?"

那位香客回答说:"看看这面镜子,你会看见他的。"

他往镜子里一看,见是他自己的脸,不禁大叫一声醒了过来,耀眼的阳光照进了屋子,花园和游乐园的树上传来鸟儿的鸣叫。

宫廷大臣和朝廷高官纷纷来向他跪拜称臣,侍从们给他送上金丝袍,把皇冠和权杖摆在他面前。

年轻的国王端详着这些东西,发现它们很美丽,比他过去见过的任何东西都要美丽得多。然而他记起了他做的几个梦,就和他的朝臣说:"把这些东西拿走,我不会用它们的。"

朝臣们听了大感惊诧,有的不禁失声大笑,他们满以为年轻的国王在开玩笑。

但是他又严厉地和他们讲了一遍,说:"快把这些东西拿走,别让我看见他们。尽管今天是我的加冕典礼,可我不会用它们的。我这件皇袍是悲伤的织机织的,是痛苦的苍白的手织的。这红宝石的心里有鲜血,这珍珠的心里是死亡。"于是他把他做过的三个梦一一讲了出来。

可朝臣听完三个梦后彼此面面相觑,纷纷耳语说:"他一定是疯了,梦就是梦,幻觉就是幻觉,这哪儿是哪儿?它们不是世人应该在意的真东西。我们和那些辛辛苦苦为我们劳作的人有什么关系?一个人非得亲眼看见播种的人才可以吃面包吗?一个人非得和踩榨葡萄酒的人交谈过才可以喝葡萄酒吗?"

宫廷大臣对年轻的国王说:"陛下,我恳求你把你这些不吉利的念头统统打消掉,快把这件漂亮的皇袍穿上,把这顶皇冠戴在头上吧。如果你不穿上国王的服装,那人们怎么才能知道你是一个国王呢?"

年轻的国王打量着他。"果真如此吗?"他问道,"如果我不穿上国王服装,他们就不会知道我是国王吗?"

"他们不会认你的,陛下。"宫廷大臣叫道。

"我原来以为有些人生来就有帝王相呢,"他回答说,"不过也许你说的有道理。可是我不会穿这件皇袍,也不会戴上这顶皇冠,就是我去宫殿,也是不戴皇冠就去的。"

他把所有朝臣都打发走,就留下一个留在身边作伴儿的侍从,一个比他还小一岁的小伙子。他把小伙子留在身边使唤,他用清水洗过澡后,打开了一个大油漆箱子,从中取出他的皮革腰衣和粗羊皮袍,那是他在山坡上放牧羊人的羊群时穿的衣服。他把它们穿在身上,手里还拿上了他那根粗糙的牧羊棍儿。

小侍从见了吃了一惊,瞪起他那蓝蓝的大眼睛,微笑着跟他说:"陛下,我看你有皇袍和权杖,可你的皇冠在哪里呢?"

年轻的国王拽过来一枝爬上阳台的野藤,折下来,做成一个圆圈,戴在了自己的头上。

"这就是我的皇冠。"他回答说。

他这样穿戴好,走出他的宫寝,进了大厅,满朝文武大臣都正在那里静候他。

朝臣这下全乐了,有人索性冲他大声喊:"陛下,人民在等待自己的国王,你却让他们看到了一个乞丐。"另一些人怒火顿生,说:"他为我们国家带来耻辱,不配做我们的一国之君。"然而他根本不理睬他们，一路前行，走下明亮的斑岩楼梯，穿过一道道铜门，翻身上马，直奔大教堂而去，小侍从在他身后紧追不舍。

人们笑起来，说："刚刚骑马过去的是国王的弄臣吗？"他们取笑他。

他勒住缰绳，说："不，我就是国王。"他于是把他的三个梦讲了出来。

一个人从人群里走出来，恶狠狠地跟他说："老爷，难道你不明白穷人的生活仰仗富人的奢侈吗？正是你皇族的华丽养育了我们啊，你的种种恶习使我们有面包吃。为一个暴君干活儿固然苦，可是干活儿找不到主子更苦啊。你以为乌鸦会喂我吗？你对这些事情有什么良策？你能对买主说：'你要可劲儿买啊！'又对卖主说：'你要卖这个价钱？'我想不会吧。因此还是回你的宫殿去，把紫袍穿起来，把细亚麻穿起来。你和我们有什么关系？我们受苦与你有何相干？"

"富人和穷人难道不是兄弟吗？"年轻的国王问。

"是的，"那人回答说，"可这位富兄弟的名字是该隐①。"

年轻的国王眼里充满泪水，他在人们的窃窃私语中走过，那小侍从心下害怕，离开了他。

他来到大教堂的大门口时，士兵纷纷横出矛戟，说："你到这里乱闯什么？只有国王才能从这里进去。"

他气得满脸通红，对他们说："我就是国王。"他把他们的矛戟挡到一边，闯了进去。

---

① 亚当与夏娃之长子，杀其弟亚伯。见基督教《圣经·创世记》。

老主教看见他身穿牧羊装进来,从教座上惊讶地站起来,赶过去迎住他,对他说:"孩子啊,这就是国王的行头吗?我用什么皇冠来给你加冕?我拿什么权杖递交你手中?今天一定是你的欢乐日,一定不该是你的屈辱日吧。"

"我身穿痛苦铸就的衣冠,能高兴起来吗?"年轻的国王说。然后,他给老主教讲了他的三个梦。

主教听了他的三个梦,眉头皱起来,说:"我的孩子,我是一个老人,已是花甲暮年,大千世界里发生过的许多恶行,我见得多了。凶恶的强盗下山抢走小孩,把他们卖给摩尔人。狮子伏击商队,吃掉骆驼。野猪在山谷里拱吃玉米的根,狐狸咬断山间的葡萄藤。海盗在荒芜的海岸劫掠,把渔民的船烧掉,抢走他们的渔网。麻风病人生活在盐泽地里,居住在芦苇茅草屋里,谁都不理他们。乞丐在城市里行乞,和狗一样捡食吃。你能阻止这些事情发生吗?你愿意和麻风病人同床共寝吗?愿意和乞丐同桌共餐吗?狮子会按你说的做吗?野猪会听从你的命令吗?造成人间苦难的他①不比你更精明吗?所以我对你所干的事情不赞成,劝你掉转马头回宫,让自己脸上高兴起来,穿上那套适合国王身份的衣服,戴上那顶我将为你加冕的皇冠,拿起那根我将交付你手的珍珠权杖。至于你的那些梦嘛,别再多想了。这世界的负重是任何一个人都承担不了的,这世界的悲哀也是任何一颗心都承受不了的啊。"

"你在这幢房子里竟说出这样的话?"年轻的国王说,他大步走过主教,走上祭坛的台阶,站在耶稣像的前面。

---

① 当指上帝。

他站在了耶稣像前,他的右手和左手都是精美的金制器皿、盛着葡萄酒的圣餐杯和盛着圣油的玻璃杯。他跪在耶稣像前,神龛旁的大蜡烛燃烧得很亮,香烧起的缕缕青烟在穿盖形成薄薄的雾环。他低下头祈祷,穿着硬教袍的祭司们悄悄退下了祭坛。

街上突然传来一阵闹哄哄的喧嚣,那些宫廷大员来势汹汹闯了进来,他们手中的剑已出鞘,盾牌闪着金属的光泽,头上的冠羽摇来晃去。"这位做梦能手在哪里?"他们高声叫道,"这位穿戴得像一个乞丐的国王在哪里——就是给我们王国带来耻辱的男孩儿?我们一定要杀了他,他根本不配统治我们。"

年轻的国王又低下他的头,祈祷,等完成他的祷告,他站了起来,转过身悲哀地看着他们。

看哪!阳光从彩色窗户照射进来,光束在他身上编织了一件绢袍,比那件为他快乐而编织的皇袍还精美;那根光秃秃的牧羊棍儿绽开了花朵儿,素雅的百合花比珍珠还洁白;枯干的刺儿开了花,开出的红玫瑰比红宝石还艳红,百合花比精选的珍珠还白净啊,百合花的茎比银子还锃亮。红玫瑰比红宝石还鲜红啊,玫瑰的叶子就是锻扁的金子。

他身穿这套国王服装站在那里,镶着珠宝的神龛的门一扇扇打开,明晃晃的圣体匣好似一块水晶,放射出一团奇妙而神秘的光芒。他身穿王服站在那里,上帝的荣耀无处不在,雕琢的壁龛里的圣徒们好像动弹起来了。他穿着漂亮的王服,站立在他们面前,风琴弹出了乐曲,号手吹响了他们的号角,童子唱起了圣诗。

人们肃然起敬,纷纷跪了下来,宫廷大员们赶快把剑收进鞘里,俯首称臣,主教的脸顿时变得惨白,双手抖动不止。"一位远比我伟大的人为你加冕了啊!"他高声赞叹着,在年轻的国王面前跪了下来。

　　年轻的国王从高高的祭坛走下来,穿过人群,向宫中走去。但是谁都不敢看他的脸,只因他的脸像天使的圣容。

西班牙公主的生日

西班牙公主的生日到了。西班牙公主只有十二岁,太阳把宫殿花园照得一片灿烂。

虽然她是一位真正的公主,西班牙公主,但每年也只有一个生日,正如穷得丁当响的人家的孩子们一样,所以,每逢生日,她应该过上一个名副其实的好日子,这在全国自然是一件至关重要的事情。这天也确实是一个名副其实的好日子。斑纹郁金香挺立在它们那高高的茎秆上,宛如一列列排成长队的士兵,它们不屑一顾地看着远处草地上的玫瑰,说:"我们现在像你们一样色彩斑斓喽。"紫色蝴蝶扇动起满是金粉的翅膀飞来飞去,轮流到每朵花儿那里做客;小蜥蜴从墙缝里爬出来,在耀眼的日光里躺着晒太阳;石榴绽裂开来,在热力下越裂越大,露出它们鲜红欲滴的内心。就是悬垂在花边架子上沿着阴暗的连拱拥挤攀行的淡黄柠檬,好像也从灿烂的阳光里摄取了更加丰富的色彩;木兰花树张开了它们那层叠的象牙色球形花蕾,把空气熏得香飘四溢。

小公主本人在平台上和小伙伴们走来走去,围着石瓶和长满老苔藓的塑像捉迷藏。在平常日子里,她只可以和她家境类似的孩子一起玩耍,因此往往是自己一个人玩耍,但是她的生日是个例外,国王下旨让她随便邀请她喜欢的小朋友来和她玩儿个痛快。这些西班牙孩子身材修长,跑来跑去,透出一种生动的活力,男孩子们头戴饰有大羽毛的帽子,穿着飘动的短外衣;女孩子们则提着长长的锦缎裙裾,时不时用黑色和银色相间的大扇子遮挡眼前的阳光。然而,小公主是他们中间最最活泼可爱的,而且穿戴得也最多姿多彩,全然一派最入时的打扮。她的长衫一色灰缎,裙子和宽大的袖口绣满银花,硬挺的紧身衣缀着一排排精美的珍珠。她一走动起来,衣服下面就会露出一对绣着粉色大玫瑰的小拖鞋。她的大绢扇粉白色相间,她的头发宛如浅色的金环,衬着她那张苍白的小脸,显得十分醒目,上面还戴了一朵美丽的白玫瑰。

  郁郁不欢的国王①从宫殿的一面窗户注视着他们。他身后站着他的兄弟,阿拉贡的唐·彼德罗,他不喜欢这个兄弟;他的忏悔师,格拉那达的大宗教法庭庭长,坐在他的身旁。国王比平时更加伤感,因为他看见公主带着小孩子家的庄重向聚在一块儿的朝臣躬身行礼,藏在扇子后面朝总是陪伴她的不苟言笑的阿尔伯克基公爵夫人笑,就自然而然地想起了年轻的王后,小公主的母亲:她从法国这个欢快的国度嫁了过来,却在西班牙宫廷压抑的富贵生活中渐渐枯萎,生下女儿六个月就死了,没有看见果园里的杏树再度开花,也没来得及采摘生长在眼下已是杂草丛生的庭院中央那棵多节的老无花果树的果实。国王觉得这些

---

① 这里作者使用了西班牙腓力二世和五世的史实。

事仿佛就发生在不久之前。他对王后情深似海,竟至不忍心将她葬入坟墓不得再见。王后已由一名摩尔人医生用香料处理过了,这位医生因为这次效劳换来了他的一条性命,因为据说他信奉异教并有施展魔术活动之嫌而已经送进了宗教法庭;王后的尸体仍停放在宫中的黑色大理石礼拜堂里那花毯遮掩的棺架上,正像不到十二年前那个多风的三月天僧侣们抬着她时一样。国王每月都总有一次穿上一件黑色长衫,手提一盏遮住光的灯笼,走进教堂,跪在王后身旁,呼喊道:"我的王后!我的王后啊①!"有时他会打破西班牙束缚人生每一个行为、甚至连国王悲哀都有种种限制的清规戒律,悲痛不已地紧紧抓住王后戴满珠宝的惨白的双手,不顾一切地狂吻王后那冰冷的化着妆的脸,想把她唤醒。

今天他好像又看见王后了,如同他初次在枫丹白露城堡看见她一样,那时他刚刚十五岁,而她还要年幼。他们就在那次正式订婚,罗马教皇的使节主持仪式,法国国王和全体朝臣都出席了;随后他带着一绺黄头发返回西班牙王宫,念念难忘他走上马车时两片孩子气的嘴垂下来亲吻他的手。再往后,在位于两国边界上的小镇布尔戈斯仓促地举行了婚礼,接下来就前往马德里,受到了盛大的夹道欢迎,在拉·阿托查教堂按惯例举行了一次大弥撒,还有一次远比平常更庄严的死刑宣告,近三百名异教徒交给非宗教权力烧死在火刑柱上,其中有许多异教徒是英国人。

他确实爱她爱得发疯,许多人认为当初和英格兰争夺新世界②霸主地位的战争,他的国家一蹶不振正是因为他的这种爱。

---

① 原文为意大利文。
② 当指美洲。

他几乎不让她离开片刻；为了她，他早把一切国家大事忘在脑后，或者好像忘在脑后了；正是在这种激情支配下产生的可怕的盲目性，使他一点也没有注意到他千方百计讨她喜欢的种种繁重礼仪，反倒加重了她害的那种怪病。她死后，他在一段时间里像是一个丧失理性的人。真的，如果不是他担心退位后小公主会任凭他兄弟的摆弄，他毫无疑问会正式让位，退隐到格拉那达的特拉比斯特派①修道院，何况他早是那个修道院的院长了。他兄弟的心毒手狠即便是在全西班牙也是尽人皆知的，许多人都怀疑他在王后拜访他的阿拉贡城堡时曾向王后呈献了一对毒手套，生生把王后害死了。国王曾下敕令全国上下服丧三年悼念王后，在三年公丧期满后仍不准朝臣们提议为他续弦的事；皇帝②本人干预他的婚姻，要把他的侄女波希米亚的可爱郡主嫁给他，他吩咐来使们转告他们的皇上，说西班牙国王早已和"忧愁"缔结婚姻，尽管"她"是一个不会生育的新娘，他却爱"她"胜过爱"美"；这个表态使他的王国失去了尼德兰几个富庶的省份，因为在皇帝的策动下这些省份纷纷和他分庭抗礼，其领导层就是宗教改革派的一些狂热宗教徒。

　　国王注视着在平台上玩耍的小公主，他的全部婚姻生活，这种生活带来的种种强烈的、炽热的欢乐以及突然结束而产生的可怕痛苦，今天好像都回到了他眼前。小公主具有王后可爱可亲的狂妄之态，那种如出一辙的甩头任性的样子啦，那张骄傲的上翘的美丽嘴唇啦，那迷人的莞尔一笑啦——的确是所谓"真正的法国微笑"——她时不时朝这个窗户抬头一望或者伸出她

---

① 天主教的一派。
② 应指罗马皇帝马克西米利安，当时为欧洲一些国家的皇帝。

那小手让堂堂西班牙绅士们亲吻时都会露出这种微笑。但是孩子们尖声尖气的笑声在他耳边萦绕,明朗而无情的阳光嘲弄着他的悲哀,连早晨清新的空气也混入了一种单调的怪味道,闻起来就像涂抹防腐香料的人使用的那种——这是不是一种幻觉?他把脸埋进他的两手,小公主又抬头看时,窗帘已经放了下来,国王已悄然退去。

她做了一个表示失望的小怪相,并耸了耸双肩。他无论如何应该在她生日这天陪陪她。那些愚蠢的国事有什么了不起?要不他又去那个阴暗的礼拜堂了?那里蜡烛长明不灭,从来也不让她进去看看。他有多傻呀,看这太阳照得多么灿烂,人们都多么高兴吧,再说了,他还会误了观看这场模拟斗牛,听听那号角已经吹响,更别说木偶戏和别的好玩儿的东西了。她叔叔和大法庭庭长倒是更为通情达理。他们走出室外,来到平台,对她说了许多恭贺的话。于是她把可爱的小脑袋甩了一下,拉住唐·彼德罗的手,慢慢走下平台的台阶,朝花园尽头搭起的用紫色丝绸做成的大长帐篷走去,别的孩子则严格按顺序跟在后面,姓名最长的人走到最前面。

一队贵族男孩儿化装成惟妙惟肖的斗牛士,出来欢迎她,年轻的新地伯爵是个约十四五岁的非常漂亮的少年,按着西班牙的高级贵族所有的优雅之态,脱帽行礼,然后庄重地把她领进去,引到高高地摆放在场内高台上的一把镶金的小象牙椅子前。孩子们组成一个圈子,扇着手中的大扇子,彼此低声交谈,唐·彼德罗和大法庭庭长站在圈子入口处笑容满面。连公爵夫人——人们称她为"管家市长"——这位围着黄绉领的铁面瘦女人都不像平常那样气势汹汹的,皱巴巴的脸上掠过几丝冷笑,两片没有血色的薄嘴唇咧了咧。

这果然是一场不同寻常的斗牛,小公主认为比真斗牛还要好玩儿得多;那次帕尔马公爵来拜访她父亲时她由人带着去塞维尔看过斗牛。一些男孩儿骑着披上华丽马衣的木马满场子奔跑,挥舞着长枪,上面挂着鲜艳的丝带做的悬垂物;另一些男孩儿在公牛面前挥舞他们的红斗篷,见扮牛的人冲过来,立即敏捷地跳过栏杆;至于公牛本身嘛,他活脱扮成了一头公牛,尽管他的道具只是用柳条编织的框架和大张牛皮所做成;有时他尽管只用后腿满场子乱跑,这是任凭什么活牛做梦也办不到的。他也进行了一番壮美的苦斗,孩子们看了异常兴奋,于是站在板凳上,挥舞着他们的花边手绢儿,大声嚷嚷说:"妙极了!妙极了!"那种内行劲头仿佛他们已经都是成年人了。这是一场拖延的战斗,其间几匹木马被捅破了,骑手也跌落下马,但是最后年轻的新地伯爵到底把牛整治得跪在地上,并在小公主允许他刺下那"致命一击"时,猛地将他的木剑刺入那头畜生的脖子里,不慎用力过猛,牛头立即落地,竟把小洛南先生也逗得开怀大笑,他是法国驻马德里大使的儿子。

在一片热烈的掌声中,斗牛场很快收拾出来,两个摩尔人侍从穿着黄黑相间的制服,庄重地把那些死木马拖走了;接着是一段小小插曲:一名法国走绳演员表演了走绳,一些意大利木偶在专门为演木偶而建的小剧院舞台上,演出了半古典的悲剧《索福尼巴》。他们演得无可挑剔,动作显得极其自然,等这出悲剧结束时,小公主的眼睛竟充满了泪水,模糊不清了。有几个孩子真的就哭起来,不得不用糖果安慰她们;连大法庭庭长本人也大受感动,禁不住对唐·彼德罗说,他觉得很难过,这些用木头和着色蜡做成的玩意儿,由线操纵得跟机器人似的,竟也有这么多不幸,旦夕祸福躲都躲不开呢。

接着是一个非洲玩儿杂耍的登场了,只见他提着一个大扁篮子,上面盖了一块红布,他把篮子摆到场子中央后,就从缠头布上取下一根奇特的牧笛,吹奏起来。过了一会儿,那块红布开始活动,随着笛子越吹越尖厉,两条绿色和金色杂陈的蛇抬起它们那少见的楔形脑袋,慢慢往高伸,随着乐曲摇来摆去,如同一棵草在水中晃动。不过,这些孩子看见它们的花花点点的膨颈和一伸一缩的芯子,吓得什么似的,倒是更喜欢看见玩儿杂耍的从沙里变出一棵小小的橘子树,让树上开满漂亮的白花,结出累累果实;后来他拿过拉斯-托雷斯侯爵小女儿的扇子,一下子变出一只蓝色的鸟儿,在大帐篷里四处乱飞,叽啾鸣唱,他们见了又高兴又惊奇,简直忘乎所以了。再往后是德·彼拉圣母教堂舞蹈班男孩儿们表演肃穆的小步舞,十分迷人。小公主过去从来没有看见过这种每年五月都要在圣母那高高的祭坛前举行一次以拜圣母的庆典;的确,自从一个疯教士,据推测是英格兰伊丽莎白女王重金买通的一个疯教士,曾试图诱使阿斯图里亚王子吃下一个毒圣饼以来,萨拉戈撒大教堂的门槛从来不曾有西班牙皇室的人迈进。因此,她过去只是听说"圣母舞"如何如何,只是听人这么称呼这种舞,亲眼一见还真是美不胜收呢。那些男孩儿都身穿白天鹅绒古式宫廷服装,他们那古怪的三角帽垂悬着银穗子,上面插满了硕大的鸵鸟羽毛;他们在阳光下翩翩起舞,他们那耀眼的白色服装在他们黝黑的脸和长长的黑头发映衬下,显得更加醒目。在场的每个人都兴趣盎然,他们神态庄严地在多姿多态的舞姿中穿插走动,徐缓的动作和大方的躬身行礼都显得极为优雅,那样子太迷人了;等他们完成了表演,向小公主脱下他们的大羽毛帽子致敬时,小公主也毕恭毕敬地频频还礼,并且一口保证送一支大蜡烛给德·彼拉圣母的神龛,报答圣母赐给她这一欢乐。

然后是一伙漂亮的埃及人——当时都称吉卜赛人为埃及人——大步走进场子,围成一个圆圈盘腿坐了下来,开始轻轻地弹奏他们的齐特拉琴。他们的身子随着曲调摇晃,用极低的声音哼着一支舒缓如梦的小曲儿。他们无意中看见了唐·彼德罗,一下子皱起眉头,有的看上去还吓得不轻,因为就在几星期之前,唐·彼德罗以妖术罪在塞维尔吊死了他们的两个同族兄弟;好在美丽的小公主正往后仰身,她那双大蓝眼睛从扇子上方望着他们,把他们深深吸引住了,他们完全放下心来,相信像她这样可爱的人是决不会对任何人下毒手的。于是他们继续轻轻地弹奏,用又长又尖的指甲拨动着齐特拉琴弦,头也频频点动,仿佛打起了瞌睡。猛然之间一阵刺耳的叫喊把所有的孩子吓了一大跳,唐·彼德罗马上握紧了他的匕首的玛瑙柄。只见他们跃身跳起,发疯地绕着场子旋转,把手鼓敲得砰砰作响,用他们自己怪腔怪调的带喉音的语言唱起热烈的情歌。另一个信号发出后他们又全都倒在了地上,一动不动地躺在那里,单调的齐特拉琴声,是万籁俱寂中唯一的声音。他们就这样表演了好几次之后,从场上消失了一会儿,回来时用链子牵着一头毛茸茸的大棕熊,肩上扛着一些北非伊斯兰地区的小猿崽。棕熊板着面孔倒立起来,枯瘦的猿崽和两个看上去是它们主人的吉卜赛男孩儿表演各种有趣的把戏,用小剑格斗啦、用枪射击啦,以及进行正规的军士训练啦,和国王的禁卫兵训练一模一样。吉卜赛人确实表演得非常成功。

然而，整个上午的娱乐活动中最最精彩的，当属那个小矮人的舞蹈。小矮人跌跌绊绊走进场子，费力地迈着两条罗圈腿儿，那颗硕大的畸形脑袋摇来摆去，孩子们见了忍不住失声大笑；小公主本人笑得身软失态，她身边的女礼仪官不得不提醒她，说一位国王的千金在身价与她相等的人面前哭泣，这样的先例在西班牙倒是不少，可是却没有一位皇家公主在一伙身份低于她的人面前笑成这样。但是，小矮人真的难以抗拒，西班牙宫廷虽然历来以高雅的对于恐怖的激情而著称，却也从来没有见过这样好看好玩儿的小怪物。小矮人这也是第一次亮相。他只是在昨天才刚刚被人发现，当时他正在森林里野跑，两个贵族碰巧在城周围一大片软木林子的一个偏远角落打猎，撞见他后就把他带进宫殿，想给小公主一个惊喜；他的父亲本是一个贫穷的烧炭翁，巴不得打发掉这个奇丑无比、毫无用处的孩子。也许最有趣的事情是他丝毫意识不到他自己丑陋的相貌。他确实好像非常高兴，显得兴致勃勃。孩子们哈哈大笑，他像他们一样笑得无拘无束，兴高采烈；每跳完一个舞，他就给他们鞠上一个最滑稽的躬，冲他们微笑，冲他们点头，仿佛他就是他们自己中的一员，并不是大自然一时心血来潮，玩儿性大起，捏弄出一个小怪物，供人取笑。至于小公主，她绝对迷上了小矮人。小矮人目不转睛地望着小公主，似乎是在为她一个人跳舞；演出结束时，小公主想起来教皇曾把自己礼拜堂的意大利著名男高音歌唱家加法雷利派到马德里，用他那悦耳的歌声为国王解闷消愁，宫廷贵妇们借机向加法雷利抛掷花束。于是也从头上取下那朵美丽的白玫瑰，抛过场子向小矮人投去，脸上带着最甜蜜的微笑，她这样做一半是开玩笑,一半是戏弄女礼仪官。小矮人把这整个事情看得相当严肃,把那朵花儿紧紧地按在他那粗糙的嘴唇上,把手放在心的部位,朝小公主跪下一条腿,咧着嘴笑,一对小眼睛高兴得闪闪发光。

小矮人的这一串表演彻底打掉了小公主的庄严,小矮人跑出场子很久了她还在笑个不停,还一个劲儿要求她叔叔让小矮人马上再表演一次。但是,女礼仪官插话说太阳太毒了,认定公主殿下最好赶快回宫,一顿美宴已经为她准备下了,其中有一个真正的生日蛋糕,她名字的略写字母用彩糖涂在了上面,一面可爱的小银旗在上面飘动。小公主只好一本正经地站起来,下命令要小矮人午睡后再来给她跳舞,并向年轻的新地伯爵这番迷人的款待表示了感谢,然后返回她的住所,那群孩子们仍按来时的顺序跟出去了。

* * *

且说小矮人听说他将会第二次到小公主面前跳舞,还是小公主亲自要求的,他感到非常自豪,跑到外面的花园里,快活得不知姓甚名谁,他亲吻着那朵白玫瑰,做出各种古怪而笨拙的欣喜之态。

花儿见他竟敢闯入他们美丽的家园,心里气得不行;又看见他在花圃里来回走动,双臂举过头顶挥舞,显得十分荒唐可笑,就再也忍耐不下去了。

"他奇丑无比,我们生活的地方根本不能允许他玩耍。"郁金香大声说。

"他真应该喝足罂粟汁,睡上一千年。"大朵红百合说,他们已经气得火冒三丈了。

"他太吓人了!"仙人掌尖声叫道,"哎呀呀,瞧他曲里拐弯儿,又矮又肥,他的脑袋和他的两条腿根本就不成比例。他真的让我觉得浑身不舒服,他要是到我跟前来,看我不用刺儿扎他。"

"他实际上已经弄到手一朵我最好的花儿,"白玫瑰树大声嚷嚷说,"今天早上我把那朵花儿亲自送给了小公主,是当生日礼物送的,可他从小公主那里偷走了。"她喊道,"小偷,小偷,小偷!"她扯着嗓子喊。

连平常不爱摆架子、谁都知道他们自己净是穷亲戚的红天竺葵,看见小矮人也恶心地卷起身子;紫罗兰听了谦和地发表看法说,尽管他确实极为丑陋,可他又能有什么办法呢;红天竺葵马上用非常公正的口气反击说,那正是他的致命缺点,人毫无理由去赞赏一个不可救药的人;确实也有一些紫罗兰觉得小矮人简直是越丑越炫耀,他要是做出一副悲哀相,或者至少深沉一点儿,而不是这样快活地蹦蹦跳跳,浑身透着怪异和傻气,那他会讨人喜欢得多。

那个老日晷仪嘛,可是一个极其出名的人物,他曾经亲自向查理五世皇帝一类的大人物报过时间呢,可他一见小矮人的样子,着实吃了一惊,差点儿忘了用他那根长长的带阴影的手指头指出整整两分钟的时间,他忍不住对在栏杆上晒太阳的乳白色大孔雀说,是人就明白,国王的孩子还是国王,烧炭翁的孩子还是烧炭的,要阻止这种事情发生除非日头从西边出来;孔雀听了这番高论表示完全同意,忍不住尖声叫道:"当然,当然。"那沙哑的嗓门儿高声大调,竟惊动了在凉水哗哗喷涌的池子里住着的金鱼,他们把头探出水面,向那些石头大海神打听到底发生了

85

什么事情。

然而,鸟儿们却喜欢他。他们过去在树林里就经常看见他,他要么像精灵追逐旋落的叶子那样跳舞,要么蹲在某棵老橡树的洞里和松鼠们分享坚果儿。他们一点不介意小矮人的丑陋。嗨,就是夜莺自己也不怎么好看呀,尽管她深夜在橘林里把歌儿唱得那么动听,有时连月亮都忍不住探下身子听几段;再说啦,他对鸟儿们一直很好:在那可怕的寒冷的冬天,树上全都没有了果实,地上冻得跟铁一样硬,狼群纷纷到城市大门口寻找食物,小矮人从来没有把他们忘记了,总是从他那少得可怜的黑面包里分出些碎渣渣给他们吃,而且只要他有一顿穷兮兮的早餐,也总是分给他们一些。

因此,鸟儿们就在他身边飞来飞去,飞过他面前时会用他们的翅膀抚摸他的脸颊,啁啁啾啾地彼此交谈;小矮人这时高兴万分,忍不住把那朵美丽的白玫瑰拿出来给鸟儿们看,还告诉他们,说这是小公主亲自送给他的,因为小公主爱他。

鸟儿们对他说的话,一个字儿也听不懂,但这没有任何关系,瞧他们把小脑袋歪向一边,一副精明的样子,跟明白了一件事毫无二致,而且容易得多。

蜥蜴也对他喜欢得不得了;每当他跑得累了,躺在草丛里休息,他们就在他身上爬来爬去地尽兴玩耍,竭尽全力赢得他的欢心。"不可能人人都像蜥蜴那样美丽,"他们大声说,"要是都想像蜥蜴一样美丽,那就期望过高了。尽管这么说听起来很可笑,可他真的算不上丑陋不堪,当然,除非你闭上眼睛,对他视而不见。"蜥蜴生来绝对是哲学家的材料,常常坐在那里一想就想几个小时,只要他们无别的事可做,或是天气阴雨连绵,他们无法外出的时候。

但是,花儿们对他们的举止烦透了,对鸟儿们的举止也烦透了。"这只表明,"他们说,"这种不停的乱闯乱飞会产生多么粗俗的影响。有教养的人总是准确无误地呆在同一地点,就像我们一样,没有人看见我们在花丛里来回乱窜,或者在草地上疯了似的追赶蜻蜓。要是我们真想换换空气,叫来园林工好了,他会把我们挪到另一块花圃。这是很有派头的,而且也应该是这样。但是鸟儿和蜥蜴不懂歇息,实际上鸟儿连固定的住址都没有。他们像吉卜赛人一样到处流浪,完全应该受到流浪汉的对待。"于是他们把鼻子伸向空中,露出一副傲慢的神情,过了一会儿他们看见小矮人从草地上爬起来,穿过平台向宫殿走去,心下好不高兴。

"他后半辈子确实应该关在室内,"他们说,"看看他那罗锅背,看看他那罗圈儿腿。"他们开始格儿格儿笑起来。

但是小矮人对这一切浑然不觉。他非常喜欢鸟儿和蜥蜴,并且认为花儿是全世界最美妙的东西,当然不包括小公主。不过小公主已经送给他那朵美丽的白玫瑰,她爱他,这区别可大了去了。他是多么希望同她一起回树林去啊!她会把他安置在右手边,对着微笑,他再也不会离开她身边,而且会让她和他一起玩耍,教给她所有有趣的小把戏。因为尽管他过去从来没有在宫殿里呆过,可他知道许多不可思议的事情。他会用灯心草编织小笼子,让蚂蚱呆在里面唱歌;把长长的竹管做成笛子,吹奏出潘神爱听的曲子。他懂得每只鸟儿的叫声,能把燕八哥从树梢上唤下来,或者从池沼把苍鹭召起。他知道每只动物的去向,能顺着兔子难辨的足迹找到他们,能顺着踩踏的叶子找到黑熊。

他知道风的所有舞蹈:秋天身穿大红袄发疯地跳,穿着蓝拖鞋在玉米上轻轻地跳;冬天银装素裹地跳;春天则在果园里随着花儿跳。他知道斑鸠在哪里筑窝,有一次捕鸟人逮住了老斑鸠,他就亲自把小斑鸠养大,并且在剪掉树梢的榆树的间隙里为他们垒了一个小鸠房。他们相当温顺,每天早上都习惯在他的手上吃东西。小公主会喜欢他们的。瞧那些兔子在长长的凤尾草里跑出跑进;查对鸟羽毛硬得像钢刺,嘴是一色的黑;刺猬竟能蜷缩成一团团小刺球;智慧的大乌龟慢慢地爬来爬去,摇晃着小脑袋,啃食着嫩树叶。是的,她一定应该到树林来,和他一起玩耍。他可以把自己的小床让给她睡觉,在窗外守候到天亮,别让长角的野牛伤害着她,更别让饿狼潜伏到小木屋附近。天亮时他会轻轻敲响窗门,叫醒她,他们俩好到外面整整跳一天舞。树林里真的一点也不孤单。有时一位主教会骑着大白骡走过树林,看着一本彩色图书。有时则有一些养鹰人头戴绿色的绒便帽,身穿熟制的鹿皮夹克匆匆走过,手腕上站着蒙住头的鹰。在葡萄采摘时,葡萄贩子就来了,手和脚都染成了紫色,头戴光滑的常春藤冠,提着湿淋淋的葡萄酒皮袋子;烧炭翁夜里守在大火盆旁,看着干木头在火中慢慢燃烧,在灰烬里焖栗子。强盗还会溜出岩洞和他们共享快活。有一次,他还看见过一列美丽的队伍在长长的前往托莱多的灰路上蜿蜒而行。僧侣在队伍前面动听地吟唱,手持鲜艳的旗帜和金十字架,接着是穿着银色盔甲的士兵来了,扛着火绳枪和长矛,他们中间走着三个赤脚人,穿着古怪的黄长衫,上下都绘着美妙的人像,手里拿着点燃的蜡烛。树林当然有许多看不够的好东西,她要是累了,他会为她找到一块柔软的苔藓地休息,或者索性把她抱在怀里,因为他有的是力气,尽管知道他个子不高。他还会为她做一个红蔓草果项链,这和她脖上戴的白色果子项链一样漂亮好看;她要戴腻烦它们,只管丢掉它们好了,他会为她另找新的。他会为她找到橡子和露水浸过的银莲花以及小小萤火虫星星般点缀在她那浅黄色的金发里。

然而,她在哪里呢?他问白玫瑰,白玫瑰没有回答他。整个王宫好像都睡着了,即使窗户没有关上,但厚重的窗帘却已经拉上挡住了亮光。他到处乱走,打算找到一个地方,他可以走进去,最后他一眼看见一道小便门正好开着。他溜了进去,原来是一个富丽堂皇的大厅,恐怕要比树林辉煌壮丽得多,到处都贴金镀银,连地都是用大彩石铺的,搭配着拼对出几何图案。可是小公主不在这里,只有几尊美妙的白塑像站在他们的绿玉底座上俯视他,眼神悲哀而茫然,嘴唇笑得好古怪。

在大厅的顶头悬挂着一条绣满图案的黑色天鹅绒帷幕,上面撒满太阳和星星,是国王最中意的图案,也是用他最喜欢的颜色刺绣的。也许小公主就藏在那帷幕后面?不管怎样他应该去看个究竟。

于是他悄悄地走过去,把帷幕拉开。不,眼前只是另一间屋子,一间在他看来比他刚刚离开的那间更漂亮的屋子。墙上挂着一条针绣人物狩猎群像绿色挂毯,是佛兰德艺术家们花了七年多时间才完成的作品。这屋子曾经是所谓"愚蠢的约翰"的卧室,那个发疯的国王对打猎十分迷恋,经常在神智错乱时试图骑上那些扬起前蹄的大马,拖拽那头大猎狗正在攻击的公鹿,吹响他的狩猎号,用他的短剑刺向那只灰白的飞奔的母鹿。这屋子现在用来作会议室,正中央的桌子上摆着大臣们的红色文件夹,盖着西班牙金郁金香徽,还有哈普斯堡皇家的纹章和标志。

小矮人惊讶地打量着四周,心下怯怯地不敢往前走。那些古怪的默不作声的骑马人驱马如风般穿过长长的一段草地,没有一点儿响声,他觉得好像是那些他曾听烧炭翁们讲过的可怕的鬼怪"康普拉乔",这鬼怪只有在夜里才出猎,他们要是碰见人,就把他变成红鹿儿,再来猎追。但是他想起了漂亮的小公主,勇气倍增。他想看到她一个人呆在哪里,告诉她他心心念念爱着她。也许她就在那边的那间屋子里。

他从柔软的摩尔地毯上跑过去,推开了门。不!她也不在这里。屋子是空的。

这是一间觐见室,用来接见外国来使,是在国王同意亲自接见他们时使用的,只是近来不常发生这样的事了;许多年前,就在这同一间屋子,英国特使前来为他们的女王安排婚事,英国女王当时是欧洲天主教教君之一,要与皇帝的长子联姻。屋里悬挂的物件都是西班牙烫金皮革制成的,一架沉甸甸的插得下三百支蜡烛的镀金枝形灯悬垂在黑白相间的天花板下。在一块用小珍珠绣着狮子和卡斯提尔塔楼的大金色华盖下,安放着御座,上面盖了一块遍布银郁金香、巧饰着银子和珍珠坠子的黑天鹅绒布罩。在御座的第二个台阶上放着小公主的跪凳,垫子是用银丝布做的,跪凳下面、华盖外边,摆着教皇使节的椅子,专供教皇使节在国王出席各种公共庆典场合下使用,他那顶红衣主教帽子上红缨子盘结在一起,放在前面一个紫色矮凳上。面对御座的墙上,挂了一幅查理五世的真人般大小的猎装像,他身边有一只大看家犬;另一面墙上的正中央,悬着一幅腓力二世接受尼德兰朝贡的画像。窗户之间放着一个乌木柜,镶嵌了一些象牙碟子,碟子上雕着霍尔本的《死神之舞》的形象,据说就是这位著名大师亲自雕刻的。

然而小矮人对这一切庄严的场景毫不在意。他不会用他的白玫瑰换取华盖上的所有珍珠,也不会用白玫瑰的一个花瓣儿来换得那把御座。他一心念想的是在小公主进大帐篷前见上她一面,要小公主等他跳完舞后跟他一起走。在宫殿里,连空气都显得封闭和沉重。但是在森林里呢,风儿自由地刮,太阳光那一只只金手在颤动的树叶间撩拨。森林也有花儿,也许没有花园里的花儿灿烂耀眼,但是却比所有花园里的花儿更芬芳:早春的风信子在凉丝丝的幽谷和草丘上荡起紫色波浪;黄色的报春花在多节的橡树根丛里一窝窝生长;鲜亮的白屈菜、蓝色的婆婆纳、紫红和金色的鸢尾应有尽有。榛子树上长满灰色的荑黄花,毛地黄坠着蜂群来往的花斑小橐。栗树有它的白色星尖塔,山楂长着它的苍白的美丽月亮。是的,只要他能找到小公主,她肯定会去森林的!她会和他一起到爽朗的森林里,只要她高兴他会为她跳上整整一天舞。他想到这里不禁眉开眼笑,径直走向另一间屋子。

这间屋子是所有屋子里最明亮最美丽的。墙上覆盖了一块粉色的卢卡花缎,上面有鸟的图案,还点缀着俏丽的银色花朵;家具是用银子堆成的,装饰着华丽的花冠和转动的丘比特;两个大壁炉前都摆放着绣有鹦鹉和孔雀的大型屏风;地是用海绿色玛瑙砌的,一眼看去延伸到了很远的地方。这次倒不只是他一个人。站在门口的阴影下,处在屋子最顶头的位置,他看见一个小人影正在打量他。他的心颤抖起来,嘴里不由得叫出声来,他赶紧往阳光下走去。他走动了,那个人影也走动起来,这下他看清楚那个人影了。

小公主呀！这是个妖怪,他所看见过的最奇特的妖怪。和所有的人都不一样,哪儿都长得不对劲:瞧那个大罗锅,瞧那条罗圈儿腿,吊儿郎当的大脑袋,鬃毛般的黑头发。小矮人皱起眉头,那妖怪也皱起眉头。小矮人笑,妖怪也跟着他笑;他把两只手卡在腰间,它也把手卡在腰间。他朝它鞠了一个嘲弄的躬,它也朝他鞠一个嘲弄的躬。他朝它走过去,它就过来迎他,模仿着他走的每一步,等他站住了,那妖怪也站住了。他大喊大叫闹着玩儿,向前跑去,伸出了手,那妖怪的手竟触摸了他的手,他觉得妖怪的手像冰块儿一样冷。他害怕起来,赶紧把手闪开,那妖怪的手也赶紧闪开了。他试图一直把手伸下去,但是某种又光又硬的东西阻止了他。那妖怪的脸这时接近了他自己的脸,看上去一脸恐惧。他把挡在眼前的头发理开,它学着他的样子做。他打了它一下,它立即还了一下。他憎恨它,它以满脸的厌恶回敬。他往后退,它也退了回去。

它是什么东西?他想了一会儿,把屋子别的地方全看遍了。真是怪了,在这清水般的隐形墙上,每样东西都好像有它的对照物。图画和图画里外重复,床榻和床榻里外成双。门道旁神龛中睡觉的人兽神有了它那睡觉的孪生兄弟,银质维纳斯站在阳光下朝和她一样可爱的维纳斯伸出手臂。

是回声吗?他有一次在峡谷里向回声呼喊,回声只字不差地回答了他。回声能模仿声音,也能模仿眼睛吗?回声能弄出一个活像这真世界的世界吗?东西的影子能有颜色有生命有活动能力吗?莫不是——?

他突然有所醒悟,从胸前拿起那朵美丽的白玫瑰,转过身子

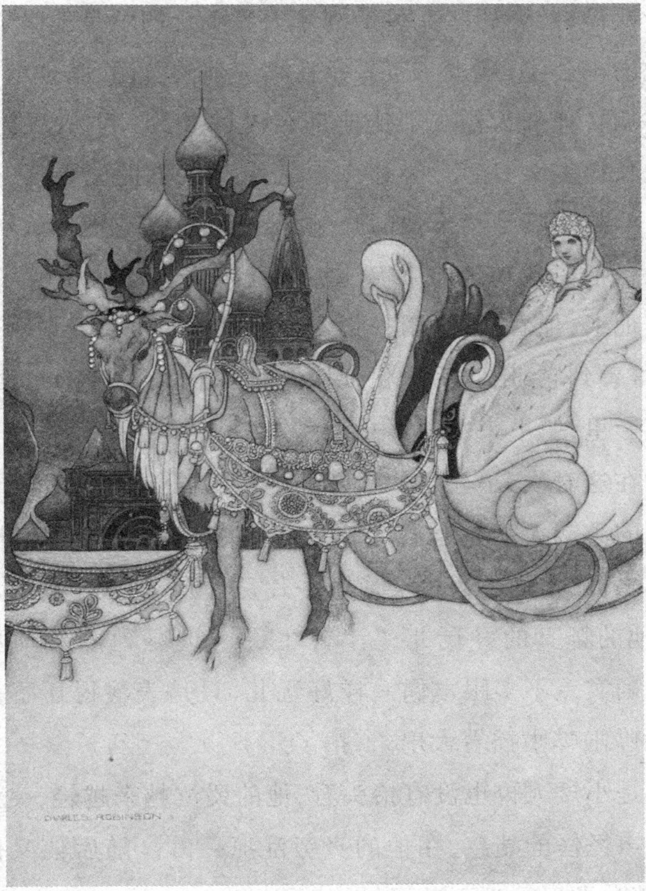
CHARLES ROBINSON

亲吻它。那妖怪自己也有一朵白玫瑰,每个花瓣儿都完全一样!它也同样地亲吻白玫瑰,怪模怪样地把花儿按在它的心上。

他完全弄明白真相时,发出一声绝望的喊叫,抽噎着倒在了地上。原来自己是个罗锅,奇形怪状,惨不忍睹呀!原来自己就是那个妖怪,所有那些女孩子刚才大笑不止的就是他呀,他原以为爱他的小公主,她也一直只是在嘲笑他的丑陋,拿他的罗圈儿腿开心啊!他们为什么不让他呆在树林里,那里本没有镜子告诉他他长得多么丑陋?为什么他父亲不早早把他弄死,却卖掉他丢人?热泪哗哗淌下他的脸颊,他把那朵白玫瑰撕成了碎片。那妖怪也把白玫瑰撕成了碎片,把残碎的花瓣儿抛向了空中。它趴在地上,他看它,它用一张痛苦不堪的脸也看着他。他爬走了,免得看到它,用双手捂住双眼。他像什么受伤的东西,一直爬进阴影里,躺下来呻吟不止。

就在这时候,小公主从敞开的门中和同伴走了进来,看见这个丑陋的小矮人躺在地上用攥紧的拳头打地,那样子夸张无比,好玩儿之极,她们高兴得笑成了一片,全围着他看个没够。

"他的舞真的好玩儿,"小公主说,"但是他的举动更好玩儿。他确实差不多跟木偶一样好玩儿,只是表演得还不那么自然。"她哗啦哗啦摇着大扇子,拍了几下。

但是小矮人再也没有抬头看,他的哭泣越来越轻,突然间他发出一声怪怪的喘息,在他的身旁乱抓一阵。随后他又仰躺在地上,躺在那里一动不动了。

"真是再好玩儿不过了,"小公主停了一会儿说,"可现在你一定要给我跳舞啊。"

"是啊,"所有的孩子们都附和说,"你一定要站起来跳舞啊,你看你像北非小猿猴一样鬼精,可比它们要可笑得多呢。"

但是小矮人没有理她们。

小公主跺了跺脚,见她叔叔和宫廷大臣正在露天平台上走,看着刚刚从设立在墨西哥的宗教法庭送来的重要公文,就朝她叔叔喊起来。"这个有趣的小矮人生气了,"她叫道,"你一定要叫他起来,让他给我跳舞。"

他们相视而笑,慢慢走过来,唐·彼得罗弯下身子,用他的绣花手套抽了小矮人的脸一下。"你必须跳舞,"他说,"小怪物,你必须跳舞。西班牙的小公主和印度群岛的公主们想乐上一乐。"

然而小矮人毫无动静。

"快去叫一个掌鞭高手来。"唐·彼德罗不耐烦地说,走回到平台上。但是宫廷大臣一脸严肃,跪在小矮人的身旁,把手放在了小矮人的心脏上。过了一会儿,他耸了耸双肩,站了起来,向西班牙公主深深鞠了一躬,说:

"我美丽的小公主,你这好玩儿的小矮人再也跳不起舞来了。很遗憾,因为他长得奇丑无比,他才博得国王一笑。"

"可是为什么他就不会再跳舞了?"小公主问道,笑起来。

"因为他的心碎了。"宫廷大臣说。

小公主皱起眉头,她那喜人的玫瑰叶子一样的嘴唇鄙夷地翘起来。"以后让那些来陪我玩儿的人别长心啊。"她大声说,然后就跑进了花园。

捕鱼人和他的灵魂

每天晚上,捕鱼的小伙子都出海,把网撒向水中。

风从岸上吹来时,他就什么也捕不到,或者顶多捕到寥寥几条鱼,因为那是一种可怕的速度极快的大风,汹涌的波浪陡立起来和它相拥。但是风向岸边吹时,鱼儿就从海底游来,纷纷钻进他的网眼,他捕上鱼儿送到市场,把它们卖掉。

每天晚上他都出海捕鱼,一天晚上网子异常沉重,他简直无法把网子拉到船上去。他笑了,心下寻思道:"肯定我把游动的鱼儿全捕住了,要么是网住了什么人们不常见的怪物,要么是逮住了伟大女王希望一见的骇人东西。"于是他使出全身力气,一下又一下把粗糙的绳子往上拉,手臂上绷起了一条条长筋,宛如铜瓶上那一条条蓝色的珐琅。他一下又一下把细绳收上来,那一圈扁软木越来越近,网子终于浮到了水面上。

然而网子里根本没有鱼儿,也没有什么怪物或骇人的东西,只有一个小美人鱼躺在里面熟睡。

她的头发像湿漉漉的金羊毛,每一绺头发宛如玻璃杯中的一条赤金。她的身体像白色的象牙,她的尾巴如银子,如珍珠。

她那如银子如珍珠的尾巴上,缠着绿色的海草;她的耳朵像海贝,她的嘴唇如海珊瑚。冷飕飕的海浪冲刷了她冷冰冰的胸脯,盐粒儿在她的睫毛上一闪一闪的。

她美丽异常,捕鱼的小伙子看见她就惊讶万分,伸出手去把网子拉到跟前,俯下身去把她紧紧抱在怀里了。他一触到那美人鱼,美人鱼就像受惊的海鸥一样叫了一声,醒了过来,用那对紫晶般的眼睛惊惧地打量他,挣扎着逃脱。但是他紧紧地把她抱住不放,不让她逃走。

美人鱼一看她根本没法逃脱他,就开始哭起来,说:"我求你让我走吧,因为我是一个国王的女儿,我的父亲上了年纪,孤零零的。"

但是捕鱼的小伙子回答说:"要我放你走也不难,只要你答应我,不管多会儿我呼喊你,你都要来给我唱歌,因为鱼儿都喜欢听海民唱歌,这样我可以把我的网子捞满了。"

"我要是答应你这个要求,你真的会放我走吗?"美人鱼哭诉说。

"我真的会放你走。"捕鱼的小伙子说。

于是美人鱼按他的要求向他作了保证,并用海民的誓言起了誓。随后他就松开两臂放开她,她落进水里,因莫名的恐惧浑身发抖。

* * *

每天晚上,捕鱼的小伙子出海捕鱼,呼喊美人鱼;美人鱼露出水面,给他唱歌。海豚围着她转呀转,野海鸥在她头上盘旋。

她唱的歌儿十分动听悦耳。她歌唱海民驱动他们的群体迁徙洞穴,肩上扛着他们的幼崽;她歌唱人鱼神长着长长的绿胡子,毛茸茸的胸膛,国王路过时吹响弯弯曲曲的海螺壳;她歌唱国王的宫殿全用琥珀修造,宫顶全是晶莹的祖母绿,还有一条用明亮的珍珠铺成的通道;她歌唱海花园里到处是无以数计的、整日摇摆的珊瑚须,鱼儿像银亮的鸟儿冲来冲去,海葵紧紧贴在岩石上,石竹芽在层层叠叠的黄沙里迅速生长;她歌唱巨大的鲸鱼从北海游来,鳍上挂着尖楞楞的冰柱;她歌唱半人半鸟的女海妖讲述奇闻轶事,商人们不得已用蜡堵上耳朵,免得听到后跳进海里淹死;她歌唱沉落的军舰桅杆高竖,冻僵的水手紧附在帆索上,鲐鱼在洞开的舷窗出出进进;她歌唱小小藤壶是了不起的旅行家,紧紧抓着船的龙骨,一次次周游世界;她歌唱乌贼居住在岩崖边,伸出它们那长长的黑臂膊,需要时能把黑夜制造出来;她歌唱魟鱼有自己的小船,用蛋白石雕成船身,用丝绸般的尾巴掌舵;她歌唱幸福的人鱼演奏竖琴,迷得大海妖昏昏入睡;她歌唱小小顽童逮住光溜溜的海豚,笑嘻嘻地骑在它们的背上;她歌唱美人鱼们躺在白色的浪沫里,向船员们伸出胳膊;她歌唱海狮长着弯弯的长牙,海马长着飘然的鬃毛。

　　她唱歌的时候,金枪鱼全都从海底游来聆听,捕鱼的小伙子便朝它们撒网捕捞它们,其他鱼他会用标枪叉住。他的船装满鱼时,美人鱼就沉到水下,朝他微笑。

　　然而,美人鱼从来不游到他身边,怕他触摸她。他经常招呼她,请求她,但是她还是不肯靠近;如果他想捕捉她,她就像一只海豹一样一头扎进水中,当天他就再也看不见她了。每天,美人鱼的歌声都让他听得比前一天更入迷。她的歌声格外悦耳,这捕鱼的小伙子听得忘记了渔网和捉美人鱼的计谋,想不起他的老本行了。金枪鱼成群结队地过来,摇摆着朱砂般的鳍,瞪着圆鼓鼓的金色眼睛,可是他丝毫没有留意它们。他的标枪一动不动放在他身旁,他的柳条筐空空如也。他只是双唇分张,两眼发呆,无所事事地坐在船头,听啊听啊,听得海雾把他悄悄围住,行走的月儿在他那棕色的肢体上撒上一层银色。

一天晚上他喊出来她,说:"小小美人鱼呀,小小美人鱼,我爱上你了。让我做你的新郎吧,因为我深深爱上了你。"

然而,美人鱼摇了摇头。"你有一个人的灵魂,"她回答说,"如果你把你的灵魂打发走。我是可以爱你的。"

捕鱼的小伙子心下寻思:"我的灵魂对我有什么呢?我看不见它。我摸不着它,我不了解它。还不如索性把它从我身边打发走,快快活活生活一场呢。"他快活地惊叫一声,从油漆过的船上站起来,向美人鱼伸出两臂。"我会把我的灵魂打发走,"他大声说,"你会成为我的新娘,我会成为你的新郎,我们会到海底一起居住,你唱过的所有歌儿再唱给我听,所有你要求的我会去做,我们的生命不会被分隔开了。"

小美人鱼快乐得哈哈大笑,赶紧把脸埋在手里。

"可是我怎么才能把我的灵魂打发走呢?"捕鱼的小伙子叫道,"快快告诉我怎么办,嗳哟,我马上就办!"

"哎呀!我不知道,"小美人鱼说,"海民没有灵魂。"她沉到水下,恋恋不舍地看着他。

* * *

第二天一大早,太阳从山头升起还不足一拃高,捕鱼的小伙子就来到了神父的住所,在门上敲了三下。

新信徒从小门往外看看,看清了来人是谁,把门栓拉开,对他说:"进来吧。"

捕鱼的小伙子进去，跪拜在地上散着香味的灯芯草上，对正在看《圣经》的神父大叫道："神父啊，我和一个海民产生了恋情，可是我的灵魂使我不能如愿以偿。告诉我如何才能打发走我身上的灵魂，我真的是不需要它了。我的灵魂对我有什么价值呢？我看不见它。我摸不到它。我不了解它。"

神父拍了拍他的胸膛，回答说："呜呼，呜呼，你疯了，要不就是吃了什么有毒的药，灵魂是人类最高贵的部分，是上帝赐予我们的，我们应该极好地使用它。人的灵魂比什么都宝贵，世间万物都没法与它相比，它抵得上这世上所有的金子，比国王的红宝石还贵重得多啊。所以，我的孩子，千万别再想这件事了，这可是一件不可饶恕的罪过啊。至于海民嘛，他们是迷途了，谁要是与他们为伍，也会迷途的。他们像野地的野兽一样分不清善与恶，主对他们来说还没死去呢。"

捕鱼的小伙子听了这番苦涩的话，顿时泪水盈眶，他从地上站起来，对神父说："神父啊，农牧神生活在森林里很快活，人鱼弹着他们的金红色竖琴坐在岩石上。我请求你允许我像他们那样活着，他们的日子过得像花朵。至于我的灵魂嘛，如果它横阻在我和我所爱的东西之间，那对我又有什么好处呢？"

"爱恋肉体是一大罪过啊，"神父说，眉头皱成了疙瘩，"罪孽和邪恶是上帝在他的世界里苦苦对付的异端邪说之物。可咒的林中农牧神，可咒的海中歌手！我在夜间能听见他们唱歌，他们千方百计扰乱我专心念经。他们拍打窗户，放声大笑。他们在我身边悄悄念叨他们寻欢作乐的故事。他们使出种种诱惑让我上钩，我祈祷时他们做鬼脸。他们迷途了，我跟你说，他们迷途了。对他们来说，没有天堂也没有地狱，他们在哪里都不赞美上帝的英名。"

"神父啊,"捕鱼的小伙子说,"你根本不明白你在说些什么。有一次我用渔网逮住了国王的女儿。她比晨星还漂亮,比月亮还洁白。为了她的玉体,我放弃我的灵魂,为了她的爱,我放弃天堂。请你如实回答我的话,让我安心地离去吧。"

"走开!走开!"神父嚷道,"你的情人迷途了,你和她在一起也会迷途的。"神父没有为他祝福,反把他赶出了门。

捕鱼的小伙子向集市走去,走得慢吞吞,低着头,像一个忧心忡忡的人。

商人们看见他走来,纷纷开始交头接耳,其中一人迎上前来,叫他的名字,对他说:"你要卖什么东西吗?"

"我要卖掉我的灵魂,"他答道,"我求求你们买下它吧,我实在厌烦它了。我的灵魂对我有什么用呢?我看不见它。我摸不到它。我不了解它。"

但是商人们纷纷取笑他,说:"人的灵魂对我们有什么用呢?它连一个银毫子也不值。把你的肉体卖给我们做奴隶,我们会给它穿上深紫色衣裳,给你的指头上戴一枚戒指,让你成为伟大女王的宠儿。可是别提灵魂,它对我们毫无用处,对我们的行当也毫无价值。"

捕鱼的小伙子自己嘀咕:"真是咄咄怪事!神父跟我说灵魂在这世上金不换,商人们却说它连一个银毫子也不值。"他走出集市,走到海岸边,开始盘算他下一步怎么办。

*　　*　　*

到了中午时分,他记起来他的一位专门收集海马齿的伙伴,曾经告诉他一个年轻巫婆住在海湾的顶头,她的巫术非常高明。

101

他立刻往那里跑去,迫不及待地想摆脱他的灵魂。他在海岸沙滩上拼命奔跑,身后溅起一溜尘沙。巫婆由于手掌痒起来,便知道他要来了,她哈哈大笑着把她的红头发放了下来。她让红头发披在肩上,站在岩洞口,手里拿着一枝正在开花的野毒芹。

"你要买点什么?你要买点什么?"她叫喊说,眼见他气喘吁吁跑上陡坡,在她跟前跪下来。"风儿捣蛋时,鱼儿还往你的网里钻吗?我有一支牧笛,我吹起这支牧笛,锚鱼就会游到这海湾来。可是这得花点钱,漂亮的小伙子,这得花钱啊。你要买点什么?你要买点什么?一场让船只遇难的暴风雨,把装宝贝的箱子冲到岸上来吗?我比狂风还能酿成暴风雨,我演的角色比狂风强大得多,只用一面筛子和一只水桶,我就能把大军舰沉入海底。可是我要开价,漂亮的小伙子,我要开价的。你要买点什么?你要买点什么?我知道一种花儿在峡谷里生长,就我知道。那花儿长着紫叶子,花心有一个星星,汁液像牛奶一样乳白。如果你触摸了这种花儿,女王的冷酷的嘴唇,她会跟着你走遍世界。她会从国王的御榻上下来,跟你走遍全世界。不过这是要开价的,漂亮的小伙子,这是要开价的。你要买点什么?你要买点什么?我可在臼里捣碎一只癞蛤蟆,把它做成汤,用一只死人的手搅动汤。在你的敌人睡觉时把汤洒在他身上,随后他就变成了一条黑蝰蛇,他亲娘见了会把他杀死。我用一只转轮能把月亮从天上拉下来,我还能让你在水晶里看见死神。你要买点什么呢?你要买点什么呢?快把你的要求告诉我,而我会满足你的要求,你付我钱,漂亮的小伙子,你付我钱就是了。"

"我的要求只是小事一件,"捕鱼的小伙子说,"可是刚刚却让神父对我大发脾气,把我赶出来了。这确实是小事一件,商人们却因此取笑我,拒绝了我。所以我才找你来了,尽管人们说你邪恶,你不管要什么价,我都会照付的。"

"你有什么要求?"巫婆发问,走到了他跟前。

"我要把我的灵魂打发走。"捕鱼的小伙子说。

巫婆一下变得脸色煞白,一阵哆嗦,把脸藏进了她的蓝色斗篷里。"漂亮的小伙子,漂亮的小伙子哟,"她唠叨说,"这可是要干一件可怕的事情啊。"

他把他那头棕色的鬈发往后一甩,大笑起来。"我的灵魂对我来说什么都不是,"他答道,"我看不见它。我摸不到它。我不了解它。"

"如果我告诉你方法,那你会给我什么呢?"巫婆问道,用她那双美丽的眼睛俯视着他。

"五块金子,"他说,"还有我的网子、我住的那所篱笆房子,以及我出海用的油漆船。只要告诉我怎样摆脱掉我的灵魂,我就把我所有的东西都送给你。"

她一脸讥笑地望着他,用那束野毒芹打了他一下。"我能把秋天的叶子变成金子,"她回答说,"我能把惨淡的月光随心所欲地编织成银子。我伺候的人比天下所有的国王都富有,掌管着他们的领土。"

"那么我给你什么好呢?"他大声问道,"你既不稀罕金子,又看不上银子。"

巫婆用她那纤细的白手把头发理了理。"你必须和我跳舞,漂亮的小伙子。"她小声说,且边说边冲他微笑。

"就这个吗?"捕鱼的小伙子惊诧地大声叫道,马上站立起来。

"就这个。"巫婆回答说,又冲他莞尔一笑。

"那么等太阳一落下,我们就到某个秘密的去处一起跳舞,"他说,"我们跳过舞后,你就把我想知道的事情告诉我。"

她摇了摇头,"等月儿圆时,等月儿圆时。"她嘟哝说。随后她四下窥探一番,静静聆听。一只蓝色的鸟儿尖叫着从窝里飞起,在沙丘上盘旋;三只花斑鸟儿在粗糙的灰草里沙沙乱窜,互相咕咕招呼。海浪冲刷岸下光溜溜的鹅卵石的声音格外清晰。她于是伸出手,拉他到身边,把她那干燥的嘴唇贴近了他的耳边。

"今天夜里一定到山顶上去,"她小声说,"今天是安息日,他会到那里去的。"

捕鱼的小伙子一惊,看着她,她龇出白牙,笑了起来。"你说的他是谁?"他问道。

"这并不重要,"她回答说,"你今夜去就是了,去了站在鹅耳枥树枝下等我,我也去那儿。如果一只黑狗朝你跑去,你用柳条打它,它会走开的。如果一只猫头鹰和你讲话别理睬它。月亮圆的时候,我会跟你在一起,在草地上一起跳舞。"

"可是你能跟我发誓,告诉我怎样把我的灵魂打发走吗?"他追问说。

她走到太阳地儿,风把她的红头发吹得像波浪一样飘起来。"凭着山羊的蹄子起誓,我一定办到。"她回答说。

"你是最好的巫婆啊,"捕鱼的小伙子大声说,"我今夜一定要和你在山头上跳舞。你就是向我要金价要银价我也会给的。而你开的价是没有问题的,这只是小事一件啊。"他朝她脱帽行礼,深深鞠了一躬,欣喜若狂地跑回镇上去了。

巫婆目送他离去,直到他跑出她的视野,她才走进岩洞,从雕花的雪松木盒子拿出一面镜子,把它放在一个架子上,在镜子前燃着的木炭上焚烧马鞭草,并从缕缕烟雾中窥视自己。过了一会儿,她生气地握紧手。"他应该属于我,"她嘟哝说,"我像她一样漂亮嘛。"

* * *

那天晚上,月亮升起来时,捕鱼的小伙子爬到了山顶上,站在鹅耳枥树枝下。圆形的大海像一面光滑的圆盾躺在他的脚下,渔船的影子在小小的海湾里飘来荡去。一只大猫头鹰瞪着黄黄的硫黄般的眼睛,叫他的名字,但是他没有答应。一只黑狗朝他跑来汪汪叫唤。他用柳条抽它,它就呜呜叫着离去了。

午夜时分,巫婆们像蝙蝠一样纷纷从空中飞来。"噫!"她们落在地上时惊叫道,"这里有人我们不认识!"她们四下嗅着鼻子,彼此交谈,做着手势。年轻的巫婆最后一个到来,她那红头发在风中飘舞着。她穿了一件金纱衣裳,上面绣着孔雀眼睛,头上戴了一顶小小的绿天鹅绒帽子。

"他在哪里呢?他在哪里呢?"巫婆们看见她来纷纷追问,但是她却只是笑着,向鹅耳枥树跑过去,拉住捕鱼小伙子的手,把他领到月光下,开始跳舞。

他们转了一圈又一圈,年轻的巫婆跳得很高很高,他都能看见她的鞋子的红后跟儿了。后来,在跳舞人中间响起了一阵马蹄疾驰的声音,但看不见马的影子,他心下感到害怕。

"再快一些,"女巫叫道,两条胳膊抱住了他的脖子,她的气息直冲到他的脸上,"再快些,再快些!"她叫喊着,而他脚下的大地好像旋转起来,他的头感到难受,一阵巨大的恐惧袭上心头,好像有什么邪恶的东西在盯着他,最后他终于弄清,在一块岩石的影子里有一个人是刚才不在场的。

那是一个男子,穿着一身西班牙样式黑色天鹅绒衣服。他的脸色出奇的苍白,但是他的嘴唇却像一朵漂亮的红花儿。他看上去好像累了,向后仰着身子,懒洋洋地玩弄着他的剑柄头儿。在他身旁的草地上放着一顶羽饰的帽子,一双镶嵌花边的骑马戴的长腕手套,上面用珍珠缀出一种奇特的图案。他肩上披了一件貂皮短外套,他优雅的白手上戴着宝石戒指。沉重的眼皮从眼睛上垂下来。

捕鱼的小伙子注视着他,好像被魔法拿住了。最后,他们的眼睛相遇了,而且不管他跳舞旋转到哪里,他都觉得那个人的眼睛在盯着他。他听见巫婆在笑,就搂住她的腰,发疯地和她旋转了一圈又一圈。

突然间,一只狗在树林里叫起来,跳舞的人停了下来,双双走了过去,跪下来,亲吻那个人的手。他们这么做时,他那傲气的嘴唇上露出了一丝微笑,仿佛鸟儿用翅膀点水,激起一圈圈笑意。但是那微笑里带着蔑视。他仍旧目不转睛地打量着捕鱼的小伙子。

"来吧!我们去参拜吧。"巫婆小声说,她领着他走过去,而且在她恳求他时,一种强烈的参拜欲望紧紧抓住了他,他于是跟着她走去。但是等他走近时,他莫名其妙地在胸前画了一个十字,叫出了那个神圣的名字。

他刚刚做了这两件事,巫婆们就像鹰一样尖叫起来,纷纷逃走,而那张一直注视他的苍白的脸立时因痛苦的抽搐变了形。那个男子走到一个小树林,吹响了口哨。一匹戴着银鞍具的小马跑来迎接他。他跳上马鞍转过身来,十分难过地看着捕鱼的小伙子。

红头发巫婆也试图逃走,但是捕鱼的小伙子一把抓住了她的手腕,紧紧握着不放开。

"放开我,"她叫喊说,"让我走啊。你叫出了不该叫的名字,显露了不能给人看的迹象。"

"不,"他回答说,"你不把秘密告诉我,我不会放你走的。"

"什么秘密?"巫婆问道,像一只野猫一样跟他较劲,紧紧咬着沾满白沫的嘴唇。

"你心里明白。"他回答说。

巫婆那草绿色眼睛蒙上了一层泪花,跟捕鱼人说:"还是问我这个呀!"

他笑起来,把她抓得更紧了。

她看出来她没法脱身,只好小声跟他说:"我长得一定和海的女儿一样好看,也和那些生活在蓝色水域的人一样清秀。"她冲他皱起眉头,把脸凑近他的脸。

但是他皱着眉把她推开,对她说:"如果你不信守你向我发下的誓言,我就把你当假巫婆杀死。"

她的脸变得像紫荆树的花一样铁青,直打冷战。"杀死好了,"她小声嘟哝道,"那是你的灵魂,不是我的。你想怎么干就怎么干吧。"她从自己的腰带里抽出一把绿蝰蛇皮柄小刀,递给他。

"这对我有什么用?"他对她的古怪行为发问道。

她一声不响地过了几分钟,脸上出现了恐惧之色。然后她把红头发从额头往后理了理,怪怪地笑笑,对他说:"人们所谓

107

的肉体的影子,并不是肉体的影子,而是灵魂的肉体。背朝月亮站在海岸边,从你脚边把你的影子割开,这是你的灵魂的肉体,盼咐你的灵魂离开你,灵魂就真会离开你的。"

捕鱼的小伙子一阵颤抖。"这是真的吗?"他嘟囔说。

"这是真的,我要是没有告诉你该多好啊。"她说着,紧紧抱住他的膝盖哭起来。

他把她推开,把她留在茂盛的草地上,走到山沿边,把刀插进腰带,开始往下面爬。

他身体里的灵魂大声喊叫他,说:"喂!我这么多年来一直同你和睦相处,一直是你的仆人。现在你要打发我走,可我究竟干了什么坏事了呢?"

捕鱼的小伙子笑起来。"你没有对我做什么坏事,可是我不需要你了。"他回答说,"这世界很大,还有天堂和地狱,还有天堂和地狱之间的那座半明半暗的房子。你愿意去哪里就去哪里,只是别麻烦我,因为我的爱情在召唤我。"

他的灵魂苦苦地恳求他,可是他不为所动,只是从一块岩石向另一块岩石跳去,脚步稳得像一只野山羊,最后他下到了地面,眼前就是黄色的海岸。

他四肢都是古铜色,体格匀称,宛如一尊古希腊人塑造的雕像,背朝月亮站在沙滩上,浪沫伸出白色臂膊向他招手,海浪翻腾,变成种种朦胧的形状向他表示敬意。他面前就是他的影子,即他的灵魂的肉体,他身后晴朗的天空悬着一轮明月。

他的灵魂对他说:"要是你非把我从你身上赶走不可,那么把你的心和我一起打发走吧。这世界残酷无情,把你的心交给我带着吧。"

他甩了甩头,笑笑。"我要是把心给你了,我用什么来爱我的恋人?"他大声问道。

"不,发发慈悲吧,"他的灵魂说,"把你的心给我吧,这世界非常险恶,我害怕呀。"

"我的心是我的恋人的,"他回答说,"用不着犹豫,只让你离开就行了。"

"我就不应该爱恋吗?"灵魂说。

"你走吧,我不需要你了。"捕鱼的小伙子说,他抽出了那把绿蝮蛇皮柄小刀,从脚边把他的影子割开,那影子就起来站到了他跟前,看着他;那影子和他本人一个样子。

他缓缓伸直身子,把刀插进腰带里,一种恐惧感传遍全身。"快走开吧,"他嘟哝说,"别再让我看见你的脸了。"

"不,可我们一定要再见面。"灵魂说。它的声音低沉,如笛子在鸣响;它说话时,嘴唇几乎不怎么张合。

"我们怎么见面?"捕鱼的小伙子叫道,"你又不会跟着我到海底去?"

"每年我都会到这个地方来的,呼喊你的名字,"灵魂说,"也许你会需要我的。"

"为什么我会需要你?"捕鱼的小伙子叫道,"不过你爱怎样就怎样吧。"他说完跳进了水中,人鱼海神吹响他们的号角,小美人鱼浮上水面与他相会,用她的双臂勾住他的脖子,亲吻他的嘴。

灵魂孤零零地站在海滩上,注视着他们。他们俩双双沉入海里时,灵魂在沼泽地里哭泣着离去了。

* * *

一年过后,灵魂来到这海岸,呼喊捕鱼的小伙子,他从深海里浮出海面,问道:"你叫我干什么?"

灵魂回答道:"走近一点,我有话跟你说,我看到许多奇妙的事情。"

于是他走近一点,侧身躺在浅水里,用手托着头,倾听着。

* * *

灵魂对他说:"我离开你后,面向东方去旅行。东方的每件事都充满智慧。我旅行了六天,到了第七天的早晨,我到了鞑靼国里的一座山边。我坐到了柽柳树下躲避太阳。这地方气候干燥,赤日炎炎。人们在平地上走来走去,像蝇子在一个打光的铜盘上爬行。

"中午时分,一股红色尘土从陆地的平面上升起来。鞑靼人看到这股红色尘土时,用绳子把彩绘弓捆起来,跳上他们的小矮马,得得得跑着去迎接那股红色尘土。女人都尖叫着向马车跑去,藏进毡帘后面去了。

"黄昏时分,鞑靼人返了回来,但有五个人失踪了,回来的人受伤的也很多。他们把马套进马车,赶上马车匆匆离去。三只豺从一个岩洞走出来目送他们远去。然后它们仰起鼻孔在空中嗅了嗅,朝相反的方向小跑走了。

"月亮升起时,我看见平地上燃起一堆篝火,就走了过去。一队商人围着篝火坐在毯子上。他们的骆驼拴在他们背后,那些给他们当仆人的黑人在沙地上把棕黄色帐篷撑起来,并围起了一道高高的刺梨树墙。

"我走近他们时,商人的头儿站起来,抽出腰刀,问我有何公干。

"我回答我是自己国家的王子,从鞑靼人手里逃了出来,他们一心要我做他们的奴隶。那头儿微微一笑,让我看了看五颗摁在长竹竿上的人头。

"随后他问我谁是上帝的先知,我回答他说穆罕默德。

"他听我说出这个假先知的名字,向我鞠躬,拉起我的手,安置我坐在他身边。一个黑人用木盘子给我端来一些马奶,还有一片新烤的羔羊肉。

"天亮时我开始上路。我骑在一头红毛骆驼上,走在那个头儿身边,一个传令兵扛着红缨枪跑在我前面。参战的人走在我们两边,骡子驮着商品跟在后面。商队里有四十头骆驼,骡子有八十匹之多。

"我们从鞑靼人国进入诅咒月亮的人的国家。我们看见鹰头狮兽在白岩石上守护他们的金子,满身鳞片的龙在洞里睡觉。我们越过山岭时,都屏住呼吸,生怕雪落到我们身上,每个人都在眼睛前系了一条薄纱。我穿过峡谷时,俾格米人从树洞里向我们射箭,夜里我们又听见野人咚咚敲鼓。我们走到猿塔前,给它们放了水果,它们就不伤害我们了。我们走到蛇楼前,用玻璃碗给它们盛热牛奶,它们就放我们过去了。我们在旅行中三次来到奥克苏斯河岸。我们坐着木排,靠着鼓胀的大皮袋的浮力过河。河马冲着我们发怒,千方百计袭击我们。骆驼看见它们时都在发抖。

"每个城的国王向我们收税,却不让我们进他们的城门。他们从城墙上给我们扔面包、小小烤蜜玉米饼和细面枣饼。每一百篮食物,我们送给他们一串琥珀。

"村子的居民看见我们来了,就往井里投毒药,纷纷逃往山顶。我们先是和马加达人打仗,他们生下来就是老人,每活一年年轻一岁,等他们成了小孩儿就死去了;接着和拉克特罗伊人打仗,他们说他们是老虎的儿子,把自己涂得黄黑相间;随后是和奥兰特斯人打仗,他们把他们的死者葬在树梢,而他们自己却住在黑洞里,生怕见到太阳,因太阳是他们的神,会把他们杀死;接下来和克里姆尼安人打仗,他们崇拜鳄鱼,用青草慰劳鳄鱼,还喂鳄鱼黄油和活鸡活鸭;再就是和阿加宗巴人打仗,他们长着狗一样的脸;然后是和西邦人打仗,他们长着马一样的蹄子,跑起来比马还快。我们中间三分之一的人在战斗中死去,三分之一的人饥饿而死。其余的人纷纷私下嘀咕我,说我带给他们坏运气。我从一块石头下面抓出一条方头蝰蛇,让它咬我。他们一看我安然无恙,都害怕了。

"到了第十四个月,我们到达伊勒尔城。我们来到城墙外的树林时,正是深夜时分,夜气酷热难耐,因为月亮到蝎子星座旅行去了。我们从树上摘了熟石榴,掰开它们喝它们的甜汁儿。然后我们躺在我们的毯子上,等待黎明。

"天亮时我们起来敲城门。城市是红铜铸的,上面雕刻了海龙和长翅膀的龙。卫兵从城垛间往下看,问我们有何公干。商队的翻译回答说,我们是从叙利亚岛来的,带着许多商品。他们扣押了人质,告诉我们等到中午才开城门,要我们等到那时。

"到了中午,他们打开城门,我们进城时,人们纷纷从家里出来看我们,一个小贩满城吹着贝壳叫卖。我们站在市场上,黑人们把大包大包的彩色图案布料解开,又把雕花的埃及榕箱子打开。他们把该干的活儿干完后,商人把他们的稀罕商品陈列出来,其中有埃及蜡染亚麻布、埃塞俄比亚国的彩染亚麻布、提尔港的紫色海绵和西顿港的蓝色悬挂物；还有冷色琥珀杯、玻璃精制器皿和奇形怪状的烧土器皿。一所住房的屋顶上，有一群妇女盯着我们看。其中一个妇女戴着一个镶金的皮面具。

"第一天，僧侣们来与我们以货换货，第二天贵族们来了，第三天来的是手工业者和奴隶。不管哪路商人在他们城里逗留，他们都按这一规矩做生意。

"我们滞留了一个月，当月儿渐渐亏去时，我呆得烦了，在城里的街上到处溜达，最后来到城神花园。僧侣们身披黄色长袍，静静地在绿树间走动，在一条青色大理石铺成的通道上，有一座玫瑰红房子，城神就坐守在里面。房子的门是涂过漆的，上面用打光金凸雕着公牛和孔雀。屋顶铺着海蓝色琉璃瓦，前伸的屋檐挂了一串串小铃子。白鸽儿急速飞过时，它们的翅膀往往会触击那些小铃子，发出丁丁当当的响声。

"在这座庙前有一泓条纹玛瑙砌成的清水池。我在水池边躺下，用我那苍白的指头触摸那些宽大的叶饰。一个僧侣朝我走过来，站在我身后，他脚上穿着拖鞋，一只是软蛇皮的，另一只是鸟羽毛做的。他头戴一顶黑毡僧帽，装饰了一些银月牙儿。他的僧袍是七色黄织成的，他的鬈头发用锑染过。

"过了一会儿，他和我搭话，问我有什么要求。

"我告诉他我的要求是见一见庙里的神。

"'神在打猎。'僧侣说，一双歪斜的小眼睛好奇地打量着我。

"'告诉我他在哪个森林，我想和他一块儿骑马。'我回答道。

"他用长尖指甲梳理着他的束腰外套上的软穗子。'神睡着了。'他嘟哝道。

"'告诉我在哪个卧榻上,我去守着他。'我回答说。

"'神在用餐。'他大声说。

"'如果葡萄酒十分上口,我会和他一起喝几杯;如果葡萄酒十分苦涩,那我也会和他同杯共饮。'我回答说。

"他惊奇中鞠了一躬,拉住我的手,把我拽起来,带领我到庙里去。

"在第一个隔间,我看见一个神像坐在一个边沿上镶嵌着东方大珍珠的宝座上。那神像是用乌木雕刻成的,雕像是人的样子。它的额头有一枚红宝石,厚厚的油脂从头发滴落到了它的大腿上。它的脚是红的,沾满了新杀死的孩子的血,它的腰间系着一条铜腰带,上面钉着七颗绿玉。

"我问那僧侣说:'这就是那个神吗?'他回答我说:'这就是神。'

"'把我引荐给神,'我大声说,'要不我肯定会杀死你。'我触动了一下他的手,那只手就马上枯萎了。

"那个僧侣恳求我说:'大人您快把奴仆的手治好吧,我会把您引荐给神的。'

"于是我向他的手吹了一口气,那只手就又复原了,他战战兢兢带着我走进第二个隔间,我看见一个神像站在一朵悬垂着祖母绿的翡翠荷花上。神像是用象牙雕刻的,有人像的两倍大。神像额头有一枚珍贵橄榄石,它的胸脯上涂着没药和肉桂。它右手握着一根带钩的翡翠权杖,另一只手里拿着一个圆水晶球。它穿着一对铜高统靴,粗粗的脖子上围着一圈透明石膏。

"我对那僧侣讲:'这就是神吗?'他回答我说:'这就是神。'

"'把神指给我看,'我大声说,'要不我会把你杀死的。'我触摸了他的两眼,它们马上瞎了。

"那僧侣向我求救,说:'大人您快把奴仆的眼睛治好吧,我会把神指给你看的。'

"于是我朝他眼睛吹了一口气,眼睛就复明了;僧侣又战战兢兢地领着我走进第三个隔间,瞧啊!里面竟然没有神像,什么样子的形象都没有,只有一面圆铜镜子摆放在一个石头祭坛上。

"我跟僧侣说:'神在哪里呢?'

"他回答我说:'你看不见神,只能看见这面镜子,因为这是智慧镜。它照得见天堂和人间的所有事情,就是照不见往镜子里看的那张脸。因为它照不见,所以朝镜子里看的人就会是有智慧的。另外还有许多镜子,但是它们都是判断镜。只有这面是智慧镜。谁拥有这面镜子谁就知道所有的事,任何事情都躲不过他们的眼睛。谁得不到这面镜子,谁就没有智慧。所以这就是神,我们都对它顶礼膜拜。'我朝镜子看去,果真跟他告诉我的一样。

"我干了一件古怪的事情,不过我所干的没有什么了不起的,因为智慧镜就藏在一条峡谷里,离这里不过一天的路程。快快让我重新进到你身子里,做你的仆人,你就会成为智慧人中的智慧人,智慧就只属于你了。快让我进你身体里,谁都比不上你聪明了。"

但是捕鱼的小伙子大笑起来。"爱情比智慧更好。"他大声说,"小小美人鱼爱我呀。"

"不,什么东西都没有智慧好。"灵魂说。

"爱情更好。"捕鱼的小伙子回答它,一下子扎进深海里,灵

115

魂哭泣着从沼泽地上离去了。

*　　*　　*

第二年又过去后,灵魂来到海岸边,召唤捕鱼的小伙子;小伙子从海底浮出海面,问道:"你为什么喊叫我?"

灵魂回答说:"过来点儿我好跟你说,因为我看见许多奇妙的事情。"

捕鱼的小伙子便走了过来,横躺在浅水里,用手支着头,听下去。

灵魂对他说:"我离开你后,就往南面走。南方来的每样东西都很珍贵。我沿着通往阿什特城的大路走了六天,一路上红色的尘土铺满路面,香客们走的就是我走的这些路;第七天我放眼看去,瞧!那城就在我脚下,因为它位于一条山谷里。

"通往城里的门有九道,每道大门前立着一匹铜马,一见贝都因人走下山来就嘶嘶鸣叫。城墙都用铜框着边,城墙上的瞭望塔是铜顶。每个瞭望塔上都站着一个弓箭手,手持一张弓。太阳刚刚升起,他就用箭射响一面锣;太阳西下时,他又吹响号中号。

"我要进去,卫兵拦住我,问我是谁。我回答说我是伊斯兰教托钵僧,赶往麦加城去朝圣,那里有一条绿纱巾,天使们用双手把《古兰经》全都绣在上面了,每个字都银光闪闪的。他们听了惊讶不已,就放我进去了。

"城里简直就是一个集市。你要是跟我在一起多好啊。狭窄街道的上面到处是华美的纸糊灯笼,像大蝴蝶一样上下翻飞。风一来,吹过屋顶,灯笼又宛如着色的气泡飘上飘下。商人们坐在他们摊位前的丝绸毯子上。他们蓄着又直又黑的胡子,他们的头巾上缀满金属片,长串的琥珀和雕花桃石在他们凉丝丝的手指间滑动。他们有人卖古篷香脂和甘松油脂、产自印度洋群岛的奇缺香料、红玫瑰粘脂和没药以及小巧指甲形丁香。要是有人停下来和他们说话,他们就捏起乳香弹在炭火盆上,把周围的空气熏得香喷喷的。我看见一个叙利亚人手持一根像芦苇一样的细条,缕缕青烟从上面升起,散出的香气跟春天的粉色杏花一样。另有人出售饰有淡蓝绿松石的银手镯、边沿上嵌着小珍珠的铜脚镯,还有金虎、金猫爪、金豹爪和点缀着祖母绿的耳坠以及镂空的翡翠戒指。茶屋传来吉他的弹奏,大烟鬼们苍白的脸上露出笑容,张望过路的行人。

"你真应该跟我在一起啊。卖酒小贩在人群中拥挤而行,肩部的皮肤全都黝黑黝黑的。他们大多数人都兜售设拉子葡萄酒,那酒像蜜一样甜。他们用小锡杯上酒,在酒面上撒些玫瑰叶子。在市场上,水果贩子各占其位,兜售各种水果:熟无花果泛着深紫深紫的颜色,甜瓜味如麝香,色如黄玉。另有香橼、红苹果、一串串白葡萄、金黄的圆橘、青金色卵形柠檬。有一回,我看见一头大象走过,大长鼻子上涂着银朱砂和郁金,耳朵上罩着红丝绳织的网。它在一个摊位前站住,吃起橘子来,卖水果的只是哈哈大笑。你想不出来他们是多么古怪的民族。他们一高兴了就到卖鸟的那里买一只笼鸟养,有时为一时快乐又把鸟放飞了;他们心里难受了就用刺扎他们自己,减轻他们的忧愁。

"一天夜晚我碰见几个黑人抬着一顶沉甸甸的四抬大轿走过市场。那轿是用镀金竹子做的,抬杠涂了朱红大漆,装饰着铜孔雀。轿窗上挂着薄薄的平纹细布帘子,上面绣着甲虫翅膀,缀着细小的珍珠;这轿子过去时,一个切尔卡西亚人伸出苍白的脸探望,冲我微笑。我跟在后面,黑人加快了步子,满脸的不高兴。但是我没有在意。我觉得一种强烈的好奇心左右着我。

"最后他们在一座方方的白色住宅前停下。那房子没有窗户,只有一个像墓穴门那样的小门。他们放下轿子,用一个铜锤敲了三次门。一个身穿绿皮束腰长袍的亚美尼亚人从小门往外窥视,见是他们一伙就把门打开,在地上铺了一条地毯,轿里的女人跨出轿来。她走进小门时又回身冲我一笑。我从来没有见过哪个人脸色那么苍白。

"月亮升起时我返回原来那个地方,寻找那所房子,却什么都没有了。我一见这情形,就明白那女人是谁,她为什么冲我微笑了。

"你要是跟我在一起真是再好不过呀。在新月宴上,年轻的皇帝从宫里出来,到清真寺里祈祷。他的头发和胡子用玫瑰叶染了色,脸颊扑上细金粉。他的脚掌和手掌是金黄色的。

"拂晓时分,他身穿银袍走出宫殿,日落时分又身穿金袍返回宫中。人们五体投地,把脸藏起来,但是我没有这样做。我站在一个枣贩的摊位旁等着。那皇帝看见了我,扬起他那着了色的眉毛,停下脚步。我静静地站着,没有向他俯首称臣。人们对我的胆大妄为大吃一惊,纷纷劝我逃离这个城市。我没有听他们的,却走过去和兜售古怪神像的贩子坐在一起,他们因为干这一行深遭人痛恨。我告诉他们我所干过的事后,他们每个人都送给我一个神像,求我离开他们。

"那天夜里,我正躺在石榴街那个茶馆里的垫子上,皇帝的禁卫兵进来,领我到宫殿去。我走进去时,他们把我身后的门一道道关上,用铁链拴上。里面是一个大庭院,有整整一圈连拱柱廊。宫墙是用白雪花石膏砌的,很多地方有蓝色和绿色贴砖。柱子是绿色大理石修的,通道则是用一种粉红色大理石铺的。我过去从来没有看见过这样的东西。

"我路过庭院时,两个头罩纱巾的女人从阳台上往下看,咒骂我。禁卫兵连连催促,长矛的顶端把光滑的地捅得咚咚作响。他们打开一道象牙制作的门,我发现自己走进了一个有七层露台的花园,园中流水潺潺。那里种着郁金香和月光花,还有银星点点的沉香。一股喷泉像细长的水晶挂在昏暗的空中。柏树长得像燃熄的火炬。一只夜莺在一棵柏树上唱歌。

"在花园的尽头有一座小凉亭。我们走进凉亭时,两名太监迎上前来。他们走路时,肥胖的身体摇摇摆摆,时不时用长着黄睫毛的眼睛好奇地打量我们。其中一个把禁卫兵的队长拉到一旁,小声地和他说话。另一个装模作样地举着一个丁香花珐琅卵形盒,不停地大口咀嚼着有香味的糖锭。

"几分钟后,禁卫兵队长解散了那些士兵。他们走回宫殿,两个太监慢吞吞地跟在后面,边走边从树上摘甜桑葚儿吃。其中那个年长的有一回扭过身来,冲我奸笑。

"随后禁卫兵队长示意我走到凉亭的入口。我毫不畏惧向前走去,撩开沉甸甸的门帘,我走了进去。

"年轻的皇帝躺在一个染色狮皮御榻上,一只大隼站在他的腕子上。他身后站着一个头戴铜箍的努比亚人,上身裸露无遗,穿洞的耳朵上戴着沉甸甸的耳坠。御榻旁的一张桌子上,放着一把锋利的短弯刀。

"皇帝看见我就皱紧眉头,对我说:'你是哪路神?难道不知道我是这个城市的皇帝吗?'不过我没有回答他。

119

"他用手指指着那把短弯刀,那个努比亚人抓起短弯刀,气势汹汹地朝我冲过来。那刀刃嗖嗖地从我身上穿过去,却伤害不了我。那个努比亚人却倒在地上摔得趴下了,他站起来时害怕得牙齿格格作响,赶紧躲藏到御榻后面去了。

"皇帝跳起来,从武器架上取下一根长矛,朝我扔过来。我在长矛飞行时一把抓住它,把矛杆折成了两截。他用箭射我,可是我举起双手,那支箭停在了空中。随后他从一条白皮腰带里拔出一把匕首,刺中那个努比亚人的喉咙,生怕这个奴隶会泄露他的失败。努比亚人像一条遭受践踏的蛇一样乱滚乱跳,嘴唇里扑扑冒着红色血沫。

"努比亚人一死,皇帝朝我扭过身来,他一边用一条带花边紫色丝绸手绢儿擦去额头亮晶晶的汗,一边对我说:'你是一个我无法伤害的先知呢,还是一个我刺不中砍不着的先知的儿子?我请求你今天夜里离开我的城市,因为只要你在这里,我就不再是城主了。'

"我回答他说:'我要带上你的一半财宝离去。快把你的一半财宝送给我,我会走的。'

"他拉住我的手,领着我走进花园。禁卫兵队长看见我时感到十分不解。那两个太监看见我,膝盖直打战,吓得跪在了地上。

"这宫殿有一个房间,有八道红斑岩砌的红墙,铜鳞般的天花板吊着灯。皇帝按了一面墙一下,墙就打开了,我们走下一条点燃着许多火炬的过道。过道两侧的壁龛里放着许多大酒罐,银币装得冒了尖儿。我们走到过道的中央,皇帝说了一个难以出口的词儿,一道花岗岩门弹回到一个暗簧上,他用手掩住脸,害怕晃了眼睛。

"你很难相信那是一个多么奇妙的地方。巨大的龟壳儿里盛满了珍珠,硕大无比的空心月长石和红宝石堆放在一起。金子贮放在象皮保险箱里,金粉装在皮革瓶子里。那里还有蛋白石和蓝宝石,前者装在水晶杯里,后者放在翡翠杯里。圆圆的绿宝石整整齐齐排列在象牙浅盘里,在一个角落里放着许多丝袋,有的装满绿松石,有的装满绿柱石。象牙角塞满紫石英,铜角里则是玉髓和肉红玉髓。雪松柱子上悬挂着一串串黄黄的猞猁石。在扁平的卵形盾上堆放着玉石,有红葡萄酒色,也有草绿色。可是我告诉你的不过是那里所有宝物的十分之一啊。

"皇帝把手从脸上拿开,对我说:'这是我的宝屋,其中一半是你的了,我说话是算数的。我会送给你骆驼和赶骆驼的人,他们会听你吩咐,把你那份宝物带往这世界上你想去的地方。这事得今天夜里干完,我不能让我的父亲太阳看见,我的城里有个人我杀不了他。'

"可是我回答他说:'这里的金子是你的,这里的银子也是你的,珍贵的珠宝和许多值钱的东西都是你的。至于我,我不需要这些东西。我什么都不要你的,只要你手指上戴的那个小戒指。'

"皇帝皱起眉头。'这是一枚铅戒指,'他大声说,'它没有任何价值。你还是带上这一半财宝,离开我的城市吧。'

"'不,'我回答说,'我什么也不拿,就要那个铅戒指,因为我知道上面写了些什么,有什么用处。'

"皇帝发抖了,恳求我说:'带上所有的财宝离开这个城市吧。属于我那一半也归你了。'

"我干了一件不同寻常的事,不过我所做的也没有什么,我把'富有戒指'藏在一个山洞里,离这里不过一天的路程。离这里不过一天的路程啊,就等你去了。谁得到这个戒指,就比这世界上所有的国王都富有。所以去把它取来吧,世界的财富就都是你的了。"

但是捕鱼的小伙子笑了起来。"爱情比财富更好,"他大声说,"小美人鱼爱我呀。"

"不,什么都不如财富好。"灵魂说。

"爱情更好。"捕鱼的小伙子回答说,他一头扎进深海里,灵魂哭泣着从沼泽地上离去了。

* * *

第三年又过去了,灵魂来到了海岸边,召唤捕鱼的小伙子,捕鱼人从海底浮上水面:"你为什么喊我?"

灵魂回答说:"走近一点,我跟你说说话,我看见许多罕见的事情。"

捕鱼人走近一些,横躺在浅水里,用手托着头,听着。

灵魂对他说:"在一座城里,我知道有一家酒店临河而立。我和水手们坐在酒店里,他们喝了两种不同颜色的葡萄酒,吃了大麦面包和月桂树叶配醋裹着的小咸鱼儿。我们坐在那里正在兴头上,一个老人朝我们走来,他拿着一块皮毯子和一把有两只琥珀角的鲁特琴。他把毯子铺在地上,他用羽毛管拨响了琴弦,一个脸上蒙着纱巾的跑进来,在我们面前跳起舞。她的脸用一条薄纱罩着,但是她的脚光着。她光着的那双脚,像一对小白鸽一样在地毯上挪动着。我从来没有见过这么美妙的东西,她跳舞的那个城市离这里只有一天的路程。"

捕鱼的小伙子听了他的灵魂的这番话,记起来小美人鱼没有脚,不能跳舞。他产生了强烈的欲望,心下思忖道:"只有一天的路程,我能回到我的心上人身边。"他笑起来,站在浅水里,大步向岸边走去。

他走到岸边的干地上,又笑起来,张开双臂迎接他的灵魂。他的灵魂欣喜若狂,大叫着去迎接他,一下子钻进了他的身体里,捕鱼的小伙子这下看见他身体的影子、也就是灵魂的肉体,在他面前的沙滩上展现出来。

他的灵魂对他说:"我们别耽搁了,赶快起身吧,因为海神爱妒嫉,有许多俯首听命的怪兽。"

* * *

于是他们匆匆上路,他们披星戴月走了整整一个晚上,第二天他们又顶着烈日走了整整一天,当天晚上他们走到一座城市前。

捕鱼的小伙子对他的灵魂说:"你跟我说过的女人就在这个城市跳舞吗?"

他的灵魂回答他说:"不是这个城市,是另一个城市。不过我们不妨进去看看。"

于是他们进了城,走过街道,就在穿过珠宝商街时,捕鱼的小伙子看见一个摊位上摆着一个银杯,他的灵魂对他说:"取走那个银杯,藏起来。"

于是他拿起银杯,藏在他的束腰短外衣的褶子里,急忙赶出城来。

他们走离那个城一里路时,捕鱼的小伙子皱紧眉头,把银杯扔掉,对他的灵魂说:"你为什么要我取走那个银杯藏起来?这是在干坏事。"

但是灵魂回答他说:"别闹了,别闹了。"

第二天晚上他们又到达一个城市,捕鱼的小伙子对他的灵魂说:"你跟我说过的那个女人就在这个城市里跳舞吗?"

他的灵魂回答他说:"不是这个城市,是另一个。不过我们不妨进去看看。"

他们于是进了城,穿过街道,路过拖鞋商街,捕鱼的小伙子看见一个孩子站在水罐旁边。他的灵魂对他说:"抽那个孩子。"他果真抽打那个孩子,把孩子打哭了;打完孩子后,他们急匆匆跑出这个城市。

他们走出那个城市一里路时,捕鱼的小伙子感到十分生气,对他的灵魂说:"你为什么要我抽那个孩子?这是在干坏事。"

但是他的灵魂回答他说:"别闹了,别闹了。"

第三天晚上他们又来到了一座城市,捕鱼的小伙子对他的灵魂说:"你跟我说过的女子就在这个城里跳舞吗?"

他的灵魂回答他说:"也许是这座城市,那我们就进去看看吧。"

他们于是进了城,走过街道,但是捕鱼的小伙子找不到那条河,也找不到河边的那家酒店。城里的人们好奇地看着他,他不禁有些害怕,就对他的灵魂说:"我们离开吧,用白净的脚跳舞的女人不在这里。"

但是灵魂回答说:"不,我们还是留下吧,天黑下来了,路上有劫道的。"

这样,他在市场里坐下休息,过了一会儿,一个身穿鞑靼黑衣,头缠巾布的商人走过来,用连接的芦苇挑着一盏穿孔角状灯笼。商人对他说:"你坐在这市场里干什么?看不见摊位都关张、货物都打了捆了吗?"

捕鱼的小伙子回答他说:"我在这城市找不到酒店,我也没有亲戚让我借借宿。"

"难道我们不都是一家人吗?"商人说,"我们不都是一个上帝造就的吗?跟我走吧,我家有一间客房。"

捕鱼的小伙子于是站起来,跟着商人去他家。他走过一座石榴花园,走进住宅,商人用铜盘给他端来玫瑰水让他洗手,端来熟甜瓜让他解渴,还端来一碗米饭和一块烤羊肉摆在他面前。

他吃饱喝足后,商人把他带到客房,叮嘱他睡觉歇息。捕鱼的小伙子千恩万谢,亲吻商人手上的戒指,随后躺在染过的山羊毛织的毯子上。他盖上一条黑羔羊毛被子,很快就入睡了。

离天亮还有三个小时,夜幕依然黑沉沉的,他的灵魂却弄醒他,对他说:"快起来到商人的房间去,就到他睡觉的那间屋子,把他杀了,拿走他的金子,我们需要金子。"

捕鱼的小伙子起床,悄悄潜进商人的屋子,见商人的脚旁放着一把弯刀,商人身旁的盘子里放着九个金子袋。他伸手去拿弯刀,刚摸到那弯刀,商人惊醒,跳起身来抢到那把弯刀,大声对捕鱼的小伙子说:"你这不是恩将仇报、用血流成河来报答我的一番诚意吗?"

他的灵魂对捕鱼的小伙子说:"快快打他。"捕鱼人出手就打,商人当场晕倒,他赶紧抓起那九袋金子,急急忙忙穿过石榴花园逃走,面朝晨星上了路。

他们离开那个城市一里路时,捕鱼的小伙子顿足捶胸,对他的灵魂说:"你为什么叫我杀害那个商人,抢走他的金子?你好歹毒啊。"

可是他的灵魂回答他说："别闹了,别闹了。"

"不,"捕鱼的小伙子大叫道,"我静不下来,你让我干的每件事我都厌恶。我也厌恶你,你得给我说明白你为什么让我这么干。"

他的灵魂回答他："你打发我去闯荡这世界,却不给我心,因此我就学会干所有这些事情,还干得上了瘾了呢。"

"你说什么?"捕鱼的小伙子嘟哝道。

"你心下明白,"他的灵魂回答说,"你心里明镜似的。难道你忘了你没有给我心吗?我想不会的。你就别自找烦恼,别埋怨我,还是不闹为好,因为你不放弃也不会有痛苦,你不接受也不会有欢乐。"

捕鱼的小伙子听了这番话浑身哆嗦,对他的灵魂说："不,你好歹毒,让我忘记了我的爱,你用各种钓饵引诱我,让我走上了犯罪的道路。"

他的灵魂回答说："你没有忘记你打发我到这世界去闯荡时没有给我心。来吧,我们再去一个城市,寻欢作乐,我们有九袋金子在手了。"

但是捕鱼的小伙子拿起九个金袋,扔在地上,乱踩乱踏。

"不,"他叫道,"我决不搭理你了,不和你去任何地方了,就像我过去打发走你那样,我现在就打发走你,因为你让我不干好事。"他背朝月亮,用那把绿蝰蛇皮柄小刀在脚边割下去,割断他肉体的影子,也就是灵魂的肉体。

然而,他的灵魂没有离开他,也没有听他的话,只是跟他说："那巫婆告诉你的那招不灵了,我不离开你,你也别想赶走我。

一个人一辈子只能赶走他的灵魂一次,一旦他让他的灵魂回来,就必须终生相陪了,这是对他的惩罚,也是给他的回报。"

捕鱼的小伙子顿时脸色煞白,攥紧两手,大叫道:"她是一个假巫婆,她没有跟我说这话。"

"是没有,"他的灵魂说,"可她对自己顶礼膜拜的'他①'是忠诚的,她永远是'他'的仆人。"

捕鱼的小伙子明白再也摆脱不了他的灵魂了,那是一个邪恶的灵魂,要形影不离地缠着他了,他不禁跌倒在地,伤心痛哭。

* * *

天亮时,捕鱼的小伙子起来对他的灵魂说:"我要捆住我的手,不按你说的话做事;我要紧闭我的嘴唇,不讲你的话,我要回到我心爱的人居住的地方去。我就要回到大海去,回到她经常在那里唱歌的那个小海湾,把她呼唤到我身边,告诉她我所干的坏事和你引诱我作的恶。"

他的灵魂诱劝他说:"你心爱的人算老几,你一心要回到她的身边?这世界上比她漂亮的有的是。萨马利斯的舞女会像飞禽和走兽那样跳各种各样的舞。她们的脚用指甲花着了色,手里拿着小铜铃。她们边跳边笑,那笑声像泉水丁冬一样欢快清澈。跟我走吧,我带你去见见她们。为那些坏事你犯得着烦恼吗?好吃的东西不就是让食客吃了吗?好喝的东西会有毒药吗?别跟自己过不去,只管跟我去另一个城市吧。附近有一个小城,城里有一座鹅掌楸花园。在这个宜人的花园里生活着白孔雀和青颈孔雀。它们向太阳开屏时那尾巴就像象牙碟子,就

---

① 原文大写,应指上帝。

像镀金碟子。喂养孔雀的女子给孔雀跳舞,让它们快活,有时她用手跳舞,有时用脚跳舞。她的眼睛用锑着了色,她的鼻孔弄得像燕子的翅膀。在她一个鼻孔的钩子上挂着一朵珍珠雕花。她边跳边笑,她脚腕子上的银环像银铃一样丁丁零零响个不停。你就不必自寻烦恼了,快跟我到这个小城去吧。"

但是,捕鱼的小伙子没搭理他的灵魂,只是用封嘴的封条封住嘴唇,用绳子把手捆得紧紧的,走回他离开的地方,就是那个他心上人经常唱歌的小海湾。一路上他的灵魂不断引诱他,但他不搭理,灵魂引逗他干什么坏事他都一概不从,他内心酿造的爱情力大无穷。

他来到海岸后把手上的绳子松开,把封嘴的封条撕去,召唤小美人鱼。但是她没有响应他的召唤,尽管他呼唤了她一整天,哀求了她一整天。

他的灵魂取笑他说:"看来你从你的爱情中得不到多少欢乐嘛。你这像是在饥荒之年拿水往破缸里倒呀。他把你的所有送人了,可你得不到任何回报。你还是跟我走好,我知道'快活谷'在哪里,知道那里盛产什么。"

但是捕鱼的小伙子不理睬他的灵魂,只管在岩石凹进去的地方给自己修了一所篱笆屋,在那儿一住就是一年。每天早上他都呼喊美人鱼,每天中午又喊她一次,到了夜里仍念叨她的名字。然而,她始终没有浮上海面来见他,他在海的别的地方也找不到她,尽管他去岩洞里找她,在清水里找她,在潮水池里找她,在海底的井里找她。

他的灵魂不断引诱他干坏事,唠叨一些可怕的事情。但是灵魂这手对他不管用,他的爱情的力量强大无比。

这一年过去之后,灵魂自己思忖道:"我一直用邪恶引诱我的主子,可他的爱情比我强大得多。我现在不妨用善良来引诱他,这手也许能让他跟我走。"

于是他跟捕鱼的小伙子说:"我跟你讲了这世界的欢乐,你对我的话充耳不闻。现在让我给你讲讲这世界的痛苦,这下也许你会侧耳静听的。说实话,痛苦才是这世界的主宰,谁都逃不过它的网。有人没有衣服穿,有人没有面包吃。有的寡妇身穿紫袍静坐,有的寡妇身穿破衣静坐。麻风病人在沼泽地上走来走去,他们彼此冷酷无情。乞丐们在大路上来来去去,他们的钱包不名分文。饥饿在城市的街道上行走,瘟疫守在它们的大门口。来吧,让我们出发去补救这些事情,别让它们肆意横行。眼看你的心上人不理你的呼唤,你为什么还呆在这里吃喝呢?什么是爱情,值得你费这么大劲苦撑着?"

然而,捕鱼的小伙子置之不理,他的爱情的力量太强大了。每天早上他呼唤美人鱼,每天中午他又呼叫她一遍,到了夜晚他又叫着她的名字。但是美人鱼始终没有浮出海面来与他相会。他在大海别的任何地方也找不到她,尽管他找遍了大海的河流,找遍了海浪下的沟谷;在夜色使海水变紫的海中寻找,在黎明使海水变得灰蒙蒙的海水中寻找。

转眼第二年又过去了,捕鱼的小伙子依然孤零零地呆在那个篱笆房子里,灵魂趁着夜色又对他说:"瞧瞧!我用邪恶引诱过你,我用善良引诱过你,可你的爱情比我强大得多。所以我不再引诱你了,但是我只求你让我进入你的心,这样我就像过去一样跟你在一起了。"

"你当然可以进去,"捕鱼的小伙子说,"你在这世上闯荡而又没有心相陪的日子里,一定吃了不少苦头。"

"哎呀!"他的灵魂大声说,"你的这颗心让爱情占得满满的,我找不到进去的地方啊。"

"可我要是能帮助你该多好啊。"捕鱼的小伙子说。

他正说到这里,大海里传来哀悼的大声哭叫,海民死后就是人也可以听见那种悲哭的。捕鱼的小伙子跳起身,离开他的篱笆房子,奔向海岸。黑滚滚的海浪涌向海岸,上面托浮着一样比银子还白的物体。它像浪花一样白,像一朵花儿一样在上面随浪逐波。浪花从海浪里接过它,浪沫从浪花里接过它,海岸最终接住了它,捕鱼的小伙子在自己的脚边看见小美人鱼的尸体躺在那里。她躺在他脚边死了。

他悲痛万分,哭泣着扑倒在她的身边,亲吻着那冰冷的红嘴,抚弄着那湿漉漉的琥珀色头发。他在她旁边的沙滩上倒下,如同喜极生悲的人那样哭得抽搐,用他那棕色的胳膊把她搂在了胸前。那双唇是冰冷的,但他亲吻它们;那甜蜜的头发是咸的,可他带着苦涩的欢快品尝它。他亲吻那紧闭的眼睑,溅到眼窝里的野浪花也没有他的泪水苦咸。

他对着尸体忏悔。他向她那耳廓倾倒着他诉说的涩酒。他把那双小手绕在他的脖子上,用他的手指轻触那喉咙的薄薄簧片。他的欢乐好苦,好苦啊;他的悲痛充满了怪异的快慰。

黑色的海越逼越近,白色的浪沫像麻风病人一样呻吟。大海用白色浪沫爪子在海岸上乱摸。海王的宫中又传来哀悼的哭泣;在远处的大海上,大人鱼海神们嘶哑地吹响了他们的号角。

"快逃走吧,"他的灵魂说,"大海在不断地逼近,你要是呆着不走,它会把你弄死的。快逃走吧,我是害怕了,看看你的心因为成全你伟大的爱情,硬是把我关在外面。快逃走吧,躲到安全的地方。难道你真的会把我打发到另一个世界而不让我和心在一起吗?"

但是,捕鱼的小伙子不听他的灵魂说的话,只是呼喊小美人鱼,说:"爱情比智慧好,比财富更珍贵,比人的女儿们的脚更漂亮。火不能烧毁爱情,水不能淹掉爱情。我在黎明时呼叫你,你置之不理。月亮都听见你的名字,可你就是不搭理我。只因我鬼迷心窍地离开你,到处游荡自讨苦吃。可是你的爱情一直和我在一起,你的爱情一直强大,任凭什么也敌不过它,尽管我看过恶,也看过善。既然你死了,那我就一定要和你一起死了。"

他的灵魂哀求他离开,但是他就是不听,他的爱情伟大无比。海越来越近,刻意用海浪把他覆盖,他知道死在临头,就发疯地用嘴唇亲吻小美人鱼的冷冰冰的嘴唇,他身体里的心破碎了。因为他的爱情胀满,他的心破碎了,灵魂找到了入口,挤了进去,像过去一样和他成为一体了。大海用海浪淹没了捕鱼的小伙子。

* * *

第二天早上,神父前来为大海祈祷,因为大海动荡不安。和他一起去的还有僧侣和乐师,端蜡烛的和摇动香炉的人,以及一大群别的人。

神父来到海岸,看见捕鱼的小伙子淹死在浪头里,怀里紧搂着小美人鱼的尸体。他不由得皱起眉头连连后退,画了十字,大声呼叫着说:"我不会为大海祈祷,也不会为大海的任何东西祈祷。该诅咒的海民,该诅咒的所有和海民交往的人。这个人为了爱情抛弃了上帝,终逃不脱上帝的审判,和他的情人双双躺在这里,快把他的尸体和他情人的尸体收起,埋到没人去的漂洗工墓地去,别往他们墓前立碑,什么痕迹也别留下,那样就都不知道他们葬身的地方了。他们活着时候遭诅咒,他们死后还逃脱不了诅咒。"

人们按他吩咐的去做,把他们埋在那没有香甜的草木生长、冷僻的漂洗工坟地里,人们把土坑挖得很深,把两具尸体埋了进去。

第三年过去了,在一个宗教节日里,那神父到教堂布道,向人们历数主的苦难,向人们讲述主的神谴。

他穿上教袍,走进教堂,在祭坛前躬身行礼,这时他看见祭坛上到处是他过去从来没有见过的古怪的花儿。那些花儿看上去十分古怪,异常美丽,它们的美竟使他不安,它们的气味使他的鼻孔感到陶醉。他感到高兴,但不明白他高兴的缘由。

随后他打开圣龛,对着里面的圣体匣焚香,向人们展示洁净的圣饼,接着把它放在纱幕后面,开始向人们布道,本想向他们讲出上帝的神谴。然而,那些白色花儿的美使他不安,它们的气味让他的鼻孔陶醉,另外一个词儿蹦到了他嘴边,他竟说不出上帝的神谴,而把上帝的名字说成了"爱情"。他为什么这样讲,他不知道。

神父把这个词儿说完后,人们哭泣了;他回到圣器室时,眼睛里充满了泪水。执事们进来开始给他脱掉教袍,拿走了白长袍、腰带、饰带和圣带。他站着像是在做梦。

他们给他脱净衣饰后,他看着他们说:"祭坛上摆着的是什么花儿?它们是从什么地方来的?"

他们回答他说:"我们也说不清它们是什么花儿,不过它们是从荒凉的漂洗工墓地来的。"神父听了浑身打战,返回他自己家中祈祷。

  第二天天刚蒙蒙亮,他就起身出门,带着僧侣、乐师、端蜡烛的、摇香炉的和一大群别的人,来到海岸边,为大海祈祷,为大海里所有的生物祈祷。他还为人兽神祈祷,为在林地里跳舞的小生灵祈祷,为在树叶间窥探的亮眼睛的动物祈祷。他为上帝世界里的万物祈祷,人们感到又高兴又惊奇。然而,荒凉的漂洗工墓地里再没有长出什么花儿,又像过去一样成了一块光秃秃的坟地。海民也不再来那个他们常来常往的海湾,因为他们到大海别的地方去了。

星 孩

从前,两个穷樵夫在一片广袤的松树林里寻路回家。那是一个冬天,入夜后天冷得更厉害了。地上铺了厚厚的积雪,树枝上也挂满了白雪。两个樵夫一路走来,两旁的小树枝不断被霜雪折断;他们走到山流前,看山流一动不动地悬挂在空中,因为冰王已经把她吻过了。

天气冷得出奇,连动物和鸟儿都不知道怎样对付下去了。

"呜呜呜!"狼嗥叫着,两条后腿夹着尾巴慢吞吞地在灌木丛里穿行,"这真是冻死人的鬼天气。政府为什么连管也不管呢?"

"喞啾!喞啾!喞啾!"绿红雀叽叽咕咕地唠叨着,"这大地老人冻死了,他们给她穿戴了一身白衣服准备入殓下葬了。"

"大地就要喜结良缘了,这是她的婚礼服。"斑鸠彼此小声交谈说。他们的小红爪子冻得不轻,可是他们觉得他们有责任对目前的局势采取浪漫的看法。

"胡扯!"狼嗥嗥叫道,"听我说,这完全是政府的失误,如果你不相信,那我就把你吃掉。"狼有一副不折不扣的好使的脑子,只要争论起来,他是从来不会输掉的。

"唔,在我看来嘛,"啄木鸟这个天生的哲学家说,"我对原子理论的种种解释可不感兴趣。事情是怎么回事就是怎么回事,眼下实在冷得要命嘛。"

天气确实冷得要命。小松鼠生活在高杉树洞里,不停地互相蹭鼻子保持暖和,兔子在他们的窝里蜷成一团,根本不敢贸然到窝口来探头探脑。唯一欢迎这大冷天的好像只有大角猫头鹰。他们的羽毛让白霜冻得硬刷刷,但是他们一点儿也不在乎;他们滚动着他们的大黄眼睛,在森林里彼此遥相呼叫:"喎喎喎喵——喎喎!喎喎喎喵——喎喎!我们遇到了多么好的天气啊!"

两个樵夫向前走啊走啊,拼命往他们的手上哈气,并在雪块儿上使劲跺他们的粗铁钉大皮靴。有一次他们陷进了深雪坑,挣脱出来就像正在磨面的磨工那样子白了;有一次他们滑进了池水结冰的光滑冰面上,他们的柴火摔散了捆,他们只好把柴火捡起来,重捆在一起;又有一次他们以为迷了路,心下害怕得要命,因为他们知道雪对任何睡在它们怀里的人都毫不留情。但是他们信任好心的圣马丁,他对所有的行人都悉心看护,因此他们认着别人的脚印往回走,走得精疲力竭,终于走到了森林的外围,看见在他们脚下的山谷远处,他们居住的村子灯光闪烁。

他们终于脱险,因此高兴得不知怎么才好,哈哈大笑起来,大地在他们看来像一朵银花,月亮则像一朵金花。

但是,他们转喜为悲,因为他们想起他们家境贫穷,其中一个对另一个说:"我们有什么好快乐的?瞧瞧这生活是偏向富人的,不是为我们这等人着想的!还不如冻死在树林里好呢,要么让什么野兽撞上咱们,吃了也行啊。"

"是这话,"他的同伴说,"有些人得到的太多,有的人得到的太少。不公平瓜分了这世界,除了忧愁分得公平,什么东西都分得不公平。"

但是正在他们互相哀叹他们的痛苦时,一件怪事发生了。一颗非常明亮而美丽的星星从天上掉下来了。它从天边一路往下落,途中路过了许多别的星星;他们惊奇地看着它下落,他们好像看见它落在离小羊圈不远一簇柳树后面了。

"哎呀!一罐金子落下来了,谁拾到就是谁的。"他们嚷嚷说着,就开始跑起来,迫不及待地想得到金子。

他们俩有一个比同伴跑得快,抢先从柳树中穿过去,从另一边跑出来,瞧!白雪里真的有一样金玩意儿。于是他赶紧跑过去,弯下腰用手去拿,原来是一件金丝织的斗篷,精巧地绣着许多星星,叠了许多折。他大声招呼着他的同伴,说他找到从天上掉下来的那件宝贝了;他的同伴赶到后,他们坐在雪地里,把斗篷慢慢抖开,好把金子分了。但是,天哪!斗篷里面没有金子,也没有银子,当然也没有什么宝贝,只有一个小孩儿睡在里面。

他们中间的一个对另一个说:"我们这才是空欢喜一场,连一点儿好运气也摊不上,一个小娃娃能让一个人得到什么好处?我们还是别理他,走我们的路吧,瞧瞧我们都是穷人,有自己的孩子要面包吃,给不起别的孩子的。"

但是他的伙伴回答他说:"不,把一个小娃娃扔在雪地里冻死在这儿,这是作孽啊;尽管我像你一样穷苦,拉家带口,连锅都揭不开了,可是我却要把他带回家,我老婆会照管他的。"

于是,他轻手轻脚地抱起那孩子,用斗篷把孩子包裹上,免

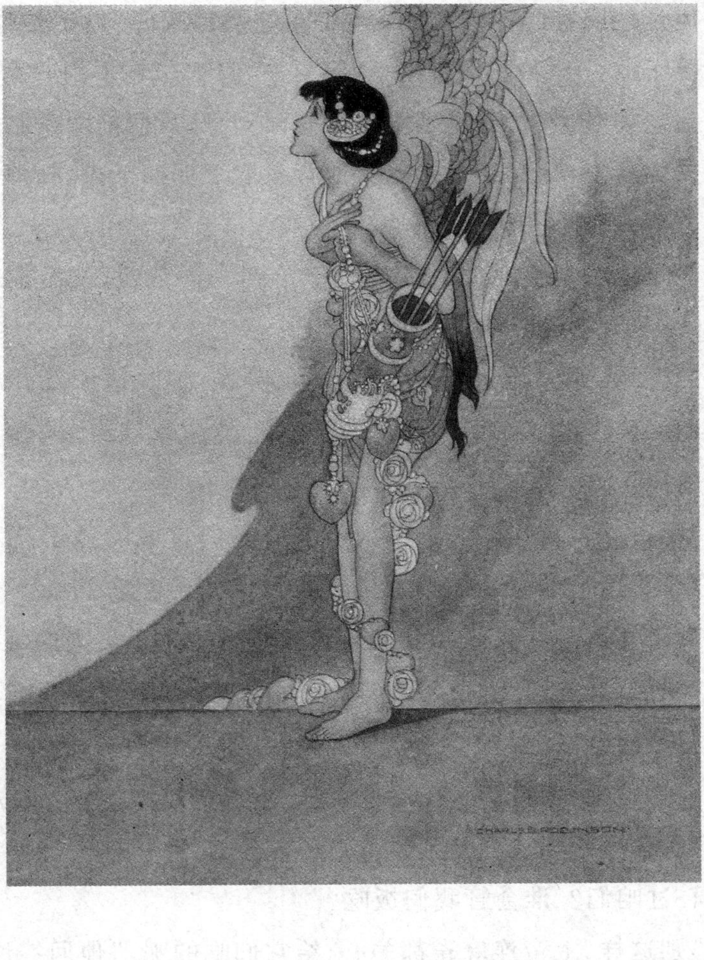
CHARLES ROBINSON

得孩子受冻,然后寻路下山,向村子走去;他的同伴对他的愚蠢行为和好心肠感到很不理解。

他们走到村边时,他的同伴对他说:"你得到了孩子,那就快把斗篷给我吧,既然是一起看见的,就应平分才对。"

但是他回答同伴说:"不,这斗篷既不是我的,也不是你的,是这孩子的。"他和同伴告别,走到自家门口,敲响了门。

他老婆开了门,看见她丈夫平安回到身边,便把两条胳膊缠在丈夫脖子上亲吻丈夫,接着从他背上取下那捆柴火,扫掉他靴子上的雪,要他进屋子里来。

但是他对老婆说:"我在树林里拾到一样东西,就给你带来了,让你照管。"他站在门边没有进来。

"什么东西?"她大声问,"快让我看看,瞧瞧这家要什么没什么,我们需要的东西太多了。"他于是揭开斗篷,让老婆看那熟睡的孩子。

"啊呀,老公啊!"她嘟哝说,"难道我们自家的孩子还不够多,你非要捡一个弃儿往咱炉边挤吗?谁知道小东西会不会给咱家带来坏运气?我们今后怎么养活他呢?"她生丈夫的气了。

"没事的,这可是一个星孩。"他回答说;随后他给她讲了发现这孩子的奇怪经过。

但是她并没有消气,反而取笑他,越说气越大,最后哭泣道:"我们的孩子都没有面包吃,我们还养得起别人的孩子吗?有谁关心过咱们?谁会管我们饭吃?"

"别这样,上帝连麻雀都关心,给它们吃的呢。"他回答说。

"麻雀难道没有在冬天饿死吗?"她问道,"现在不就是冬天吗?"这男人一时无话,但仍站在门前不动弹。

寒风从森林刮过来,朝敞开的门吹去,冻得她浑身发抖,她哆哆嗦嗦对他说:"你还不快把门关上?瞧这冷风一个劲儿往屋里刮,我都冻死了。"

"一个家有了铁石心肠,还能不总刮来冷风吗?"他问道。那女人没有理他,只是向炉火边靠近。

过了一会儿,她转过身来,看着丈夫,眼里噙满了泪水。他立即进了门,把那孩子塞进她的怀里;她亲过孩子,把他放在他们家最小的孩子躺着的小床上。第二天,这樵夫把那件少见的金斗篷放进一只大箱子里,他老婆又取下孩子脖子上戴的琥珀链子,也放到大箱子里去了。

就这样,星孩和樵夫的孩子一起抚养大了,同他们坐在同一张餐桌旁就餐,同他们一起玩耍。每长一岁,他就变得更美丽一些,村子里的人都感到好生纳闷儿,因为他们都生得黑皮肤黑头发,偏偏他长得又白又细嫩,像加工过的象牙一样,他满头鬈发则像黄水仙的花环。他的嘴唇也像红花瓣儿一样,他的眼睛却像清水河旁的紫罗兰,他的身体更似割草人没有到过的草地上的水仙花一样。

然而,他的美反使他不学好只学坏。他变得越来越骄傲、残忍和自私。樵夫的孩子也好,村里别人家的孩子也罢,他一概不放在眼里,说他们都是低贱的父母生养的,只有他高贵无比,是从一颗星那里蹦出来的,他在孩子们中间称王称霸,把他们称为他的仆人。他一点儿也不可怜穷人,对瞎子、残疾人和有病有灾的人,一点儿也不知怜悯,反而朝他们扔石头,硬把他们往大路上赶,要他们到别的地方要饭吃。于是,除了不法之徒,别人不敢再到村里来讨吃讨喝。一点儿不假,他对美崇拜有加,对弱者和生病的人一概嘲弄,极尽挖苦之能事;他爱恋自己,夏天里微风不起水波不动时,他常常趴在神父果园的那口井旁,注视井下他自己那张脸的精妙之处,为从自己美貌中获得的愉悦而欢笑。

樵夫和他老婆倒也没有少骂他,总是说:"我们对待你从来没有像你对待那些孤苦无助的人那样。你怎么对所有需要怜悯的人那样冷酷无情呢?"

那个老神父也经常找他去,尽心尽力教他热爱有生命的东西,并对他说:"蝇子是你的兄弟。别伤害它。野外的鸟儿在树林里飞来飞去,自有它们的自由,别为了你的快乐去捕捉它们。上帝造出了蚊蜥蜴和鼹鼠,它们各有自己的地盘。你是老几,竟敢给上帝的世界带来痛苦?连田里的牛马还赞美上帝呢。"

但是星孩听不进去他们的话,皱起眉头一副不屑一顾的样子,他跑回同伴中间,带领他们玩耍。他的同伴们追随他,因为他漂亮,腿脚快,能跳舞,会吹奏,写曲子。星孩把他们领到哪里,他们就跟到哪里,星孩叫他们干什么,他们就干什么。他把一根尖芦苇刺进鼹鼠模糊不清的眼睛,他们在一旁笑起来;他朝麻风病人扔石头,他们也笑个不停。他在所有事情上都左右着他们,他们都变得铁石心肠,和他完全一样。

有一天,村里来了一个穷要饭女人。她的衣服破破烂烂,因为在粗粝的路上行走脚磨得血淋淋的,样子非常狼狈。她走得疲惫不堪,就在一棵栗子树下坐下来休息。

但是星孩看见她时,他对他的同伴说:"看呀!那棵漂亮的绿叶树下,坐着一个丑陋的要饭女人。来呀,我们把她赶走,因为她好丑好难看哪。"

于是他走过去,朝她扔石头,取笑她;那要饭女人眼睛里充满恐怖,看着他,而且是目不转睛地注视他。樵夫这时在附近一个木料场里砍木头,看见了星孩的所作所为,就跑过来训斥他说:"你真是铁石心肠,一点不知可怜人,这个可怜的女人究竟干了什么坏事惹了你,你这样对待他?"

星孩脸色通红,十分生气,在地上跺着脚,说:"你是谁,敢对我发问?我不是你的儿子,用不着听你说三道四。"

"你说的是实话,"樵夫回答说,"可是我在树林里发现你时对你动了恻隐之心。"

那女人听了这些话,大叫一声,晕了过去。樵夫把她弄进自己家里,他老婆照料着她,等她从晕厥中醒过来,他们夫妇赶紧又给她吃又给她喝,让她安心呆着。

但她不吃也不喝,只是对樵夫说:"你不是说这孩子是在树林里找到的吗?那是十年前的今天吗?"

樵夫回答说:"是的,是我在树林里找到他的,就是在十年前的今天。"

"你当时在他身上发现什么标志没有?"她大声问道,"他脖子上没有戴着一条琥珀项链吗?他身上没有包着一件绣满星星的金丝斗篷吗?"

"一点不错,"樵夫回答说,"正像你说的一样。"他从放这两样东西的柜子里取出斗篷和琥珀链子,拿给她看。

那女人一看这两样东西就高兴得哭起来,说:"他就是我丢在森林里的小儿子呀。我求你赶紧让人把他叫来吧,为了找到他我把全世界都走遍了。"

樵夫和他老伴儿走出家门,喊来星孩,对他说:"快到家里来,你这下找到你妈妈了,她正在等你呢。"

他跑进家门,既惊奇又惊喜。但是他一弄明白是谁在等他后,冷嘲热讽地笑道:"得了,我母亲在哪里呢?我只看见这个脏臭的要饭女人呀。"

那女人就回答他:"我是你的母亲呀。"

"你说这话是疯了,"星孩生气地大声说,"我根本不是你的儿子,瞧你只是个叫花子,丑陋不堪,穿得破破烂烂。你就快快离开这里吧,别再让我看见你这张难看的脸。"

"不,你真的是我的小儿子啊,我当时把你生在树林里了,"她哭叫着,跪在地上,向星孩伸出她的双臂,"是强盗把你从我怀里夺走,扔下你死掉不管的,"她唠叨说,"但是我一看见你就认出来了,我也认出这两件东西了,就是这金丝斗篷和琥珀项链。所以我才求你跟我走的,我为了找到你走遍了全世界。跟我走吧,我的儿子,我需要你的爱哪。"

然而星孩呆在原地一动不动,对她完全关上了心扉,除了那女人痛苦的哭泣声外,别的什么也没听到。

最后他对她开了口,话语又生硬又刻薄。"要是你真的是我的生身母亲,"他说,"那你还是离去的好,别在这儿让我丢脸,你瞧我原以为我是某颗星星的孩子,而不是一个叫花子的孩子,像你和我说的那样。所以你还是离开这里,别再让我看见你。"

"哎呀!我的儿,"她哭叫道,"我走之前你不吻我吗?我吃了很多苦才找到了你啊。"

"不吻,"星孩说,"你的样子太脏,我能吻蝰蛇和癞蛤蟆都不会吻你。"

这样,那女人站了起来,向森林走去,哭得伤心极了;星孩一看她走了,心下欢喜,赶紧去找他可以一起玩耍的小伙伴去了。

但是他的小伙伴一见他走来,纷纷嘲笑他说:"喂,你像癞蛤蟆一样肮脏,像蝰蛇一样可恶啰。快快离开这里,我们可受不了你和我们一起玩耍了。"他们一起把他赶出了花园。

星孩皱起眉头心下思忖道:"他们对我说的话是什么意思呢?我要到水井旁照一照去,井水会照出我的美丽。"

他于是走到水井旁,往下看去,瞧呀!他的脸果真像癞蛤蟆的脸,他的身上像蝰蛇一样长满了鳞片。他瘫倒在草地上哭了起来,跟自己说:"这肯定是我罪孽深重造成的苦果啊。因为我不认自己的母亲,把她赶走,傲慢无礼,对她冷酷无情。我要走遍天下去寻找她,不找到她决不罢休。"

这时樵夫的小女儿走到他身边,把手搭在他肩上,说:"即使你真的失去了你的美貌,那又有什么关系呢?来和我一起玩儿吧,我不会取笑你的。"

可是星孩说:"不,只怪我对我母亲冷酷无情,这种灾难就是对我的惩罚。所以我一定要离开这里,走遍全世界也要找到她,直到得到她的原谅。"

于是他跑开钻进了树林,呼唤着他的母亲来到他身边,可是没有人回答。整整一天他都在呼唤她,太阳西下时他就躺在树叶床上睡觉,鸟儿和野兽都从他身边逃走,因为他们都想起来他心毒手狠,除了癞蛤蟆守在他身边,还有蝰蛇缓缓爬了过去,他孤零零地一个人呆着。

早上起来时,他从树上采摘了一些苦涩的浆果充饥,又向大森林出发,哭得伤心极了。他不管遇到什么都会打听打听是不是看见了他的母亲。

他对鼹鼠说:"你能钻到地下去。快告诉我,我母亲在那里吗?"

鼹鼠回答说:"你早把我的眼睛弄瞎了。我怎么能知道呢?"

他对红雀儿说:"你能在高高的树梢上飞来飞去,能看见全世界。告诉我,你能看见我的母亲吗?"

红雀儿回答说:"你图一时快活,把我的翅膀剪掉了。我怎么能飞起来呢?"

小松鼠在杉树上过着孤单的生活,他对小松鼠说:"我的母亲在哪里呢?"

小松鼠回答说:"你已经把我妈妈杀害了。你还一心想杀死你的妈妈不成?"

星孩哭了,低下头来,祈求上帝造就的万物原谅他,并继续在森林里行走,想决心找到那个要饭的女人。到了第三天,他来到了森林里的另一边,下到平原去了。

每逢他走过村庄,村里的孩子们就取笑他,朝他扔石头,赶马车的人甚至不让他睡在马厩里,生怕他会把存放在里面的玉米弄霉了,他看上去太令人恶心了,连雇工都赶他走,没有人怜悯他。他也打听不到他母亲也就是那个要饭女人的一点消息,尽管他在世界上寻找了三年,也往往好像看见她就在前面的路上走,便呼喊她,在她身后紧追不舍,尖利的石片把他的脚割得血淋淋的。然而他就是追不上她;那些住在路边的人却一直否认他们见过她,或者长相像她的人,他们都拿他的悲哀寻开心。

三年中他就这样在世界上寻找,这世界既没人爱他,也没人怜悯他或对他慈悲,可是这个世界正是他春风得意时为自己创造的啊。

一天晚上,他来到一座城门前,该城位于河边,城墙非常坚固,尽管他累得不行,脚又很疼,他还是准备进城去。可是守城的士兵把手里的矛枪往城门口一横,对他粗鲁地说:"你到城里有什么事?"

"我在寻找我的母亲,"他回答说,"我求求你放我进去,也许她就在这城里呢。"

可是士兵们嘲笑他,其中一个甩着黑胡子,放下手里的盾,大声说:"说真的,你的母亲见了你也不会感到快乐,因为你这副样子比沼泽地的癞蛤蟆还令人恶心,比水草地里乱爬的蝰蛇还令人害怕。快快走开吧。快快滚到一边。你母亲没有住在这个城里。"

另一个士兵手里拿着一面黄旗,对他说:"谁是你母亲呢?你为什么寻找她?"

他回答说:"我母亲是一个要饭的,就和我一样,我很恶劣地对待过她,我求你让我进去,她也许会原谅我,要是她真的呆在这座城里的话。"但是他们不让进,还用他们的长矛刺他。

就在他转身哭着离去时,一个身穿嵌金花铠甲、头盔上饰有带翅狮的人走了过来,询问那些士兵一心想进城门的人是谁。他们对他说:"是一个乞丐,一个要饭的孩子,我们把他赶走了。"

"别呀,"他大声说,笑起来,"我们何必不把这丑东西当奴隶卖了,他的身价还够一碗甜酒的钱吧。"

一个样子凶恶的老头儿正好路过,大声吆喝说:"我出这个价买下他。"他把钱付清后,领着星孩进了城。

145

然后他们穿过许多条街道，来到一道小门前，开小门的这面墙被一棵石榴树遮掩着。老头儿用一只雕花碧玉戒指在门上碰了一下，门就开了；他们走下五级铜台阶，进了种着很多黑罂粟花的花园，那儿还摆着一些绿色瓦罐。老头儿从缠头布上取下一块花绸布，蒙在星孩的眼睛上，推搡着往前面走。那块花绸布取下后，星孩知道自己在一个地牢里，那儿亮着一盏牛角灯。

老人往他面前的一个木盘子里放了一些发霉的面包说："吃吧，"又往一个杯子里倒了些稍带咸味的水，说："喝吧。"星孩吃过喝过后，老头儿走了出去，把身后的门锁上，并用铁链子把门拴得牢牢的。

这个老头儿实际上是利比亚最眼疾手快的魔术师，他从一个在尼罗河古墓中栖身的大师那里获得了真传。第二天，他走进土牢对星孩皱起眉头，说："在这邪教徒城门附近一个树林里，放着三块金子。一块是白金，一块是黄金，第三块金子是红色的。今天你去给我把那块白金拿来，要是你拿不来，那我准会让你挨上一百鞭子。你赶快出发吧，太阳快下山时我会在花园门口等你的。务必把那块白金带来，要不你过不了这关，别忘了你是我的奴隶，我可是用一碗甜酒的价钱把你买来的。"随后他用那块花绸巾蒙上星孩的眼睛，领着他穿过房子和罂粟花园，走上那五级铜台阶。老头儿用戒指打开门后，把星孩领到了大街上。

星孩走出了城门，来到了魔术师告诉他的那片树林旁边。

这片树林从外面看去非常漂亮，好像到处都是欢唱的鸟儿，到处都是温馨的花朵，星孩满心高兴地走了进去。但是树林的美对他却没有一点好处，因为不管他走到哪里，刺儿都会马上从地里疯长出来,拦住他的去路,那些可恶的荨麻刺伤他,蓟也用浑身大刺扎他,他可遭了大罪了。他到处寻找,却总找不到魔术师说的那块白金,找啊找啊,从早上找到中午,从中午找到夕阳西下。太阳落山时他只好朝家的方向走去,哭得伤心极了,因为他知道什么命运在等着他。

然而等他来到树林外围,他听见灌木丛里传来一声痛苦的尖叫。他一时忘了自己的忧愁,返身跑到那儿,看见一只小兔子掉进了猎人设下的陷阱。

星孩十分心痛兔子,就把它放了,并对它说:"我自己虽然是一个奴隶,我却要让你获得自由。"

兔子回答他说:"你确实给我自由了,可我拿什么报答你呢?"

星孩于是跟兔子说:"我正在寻找一块白金,到处找也找不到,要是我不把白金带给我的主人,他会打我的。"

"那就跟我来吧,"兔子说,"我带你去找到它,我知道它藏在哪里,也知道为什么藏在那里。"

于是星孩跟着兔子去了,瞧!在一棵老橡树的裂缝里,他看见了他正在寻找的那块白金。他欣喜若狂,一把抓住它,对兔子说:"我为你效了点儿劳,你却成倍地补偿了我;我对你发了点儿善,你还我的有百倍之多啊。"

"不,"兔子回答说,"只不过像你对待我那样,我同样地对待你罢了。"兔子说完一转眼跑走了,星孩就朝城市走去。

这时候城门旁正坐着一个麻风病人。他脸上盖着一块灰色的麻布头巾,从小网眼儿里他的眼睛闪射出灼人的光芒。他看见星孩来了,赶紧敲响一个木碗,摇起他的铃,向他呼求,说:

"给我一点儿钱吧,要不我就饿死了。他们把我赶出了城门,谁都不管我的死活。"

"唉呀!"星孩叹声气说,"我口袋里只有一块金子,可要是我不把它交给我的主人,他准会打我的,我是他的奴隶哪。"

但是麻风病人一个劲儿求他,星孩终于动了恻隐之心,把那块白金送给了他。

等他来到魔术师的住宅,魔术师给他打开门,让他进来,对他说:"你把那块白金带来了吗?"星孩回答说:"我没有带来。"魔术师于是朝他扑来,打了他一顿,在他面前放了一个空木盘,说:"吃吧。"然后又放了一个空杯子,说:"喝吧。"把他又扔进了地牢里。

第二天,魔术师来到他跟前,说:"今天你要是不把那块黄金给我带来,那我肯定要把你当奴隶使唤,抽你三百鞭子。"

星孩于是走向树林,花了整整一天时间搜寻那块黄金,但是怎么找也找不到。太阳西下时,他坐在地上哭起来,可就在哭泣时,他从陷阱里救上来的小兔子来到了他的跟前。

小兔子跟他说:"你哭什么?你在这树林里找什么呢?"

星孩回答说:"我在寻找一块藏在这里的黄金,我要是找不到它,我的主人会打我,把我当奴隶使唤的。"

"跟我来吧。"兔子大声招呼说。随后穿过树林,来到一个水塘边。那块黄金正在水塘的底上躺着呢。

"我怎么感谢你好呢?"星孩说,"瞧瞧吧!你可是第二次救了我啊。"

"别说了,还是你首先对我大发善心的呀。"兔子说完,转眼就跑走了。

星孩拿上那块黄金,把黄金装进了袋子,急匆匆往城里赶去。但是那麻风病人一看他来了,跑上去迎住他,跪下来大声说:"给我一点儿钱花吧,要不我就饿死了。"

星孩跟他说:"我口袋里只有一块黄金,可我要是不把它带给我的主人,那他就会打我,把我当奴隶养。"

但是那麻风病人苦苦哀求,星孩于是对他起了善心,把黄金送给他了。

等他回到魔术师家时,魔术师给他打开门,让他进来,对他说:"你把那块黄金带来了吗?"星孩对他说:"我没有带来。"魔术师扑上去,对他一顿狠打,并且用链子把他拴了起来,又投进了地牢里。

到了第三天,魔术师又来找他,说:"今天你要是给我把那块红金子带来,我就给你自由,但要是你带不来,看我不把你杀了。"

星孩又进了树林,搜寻了一天那块红金子,但到处找也找不到。傍晚时分他坐了下来,伤心地哭泣;正哭着,那只小兔子又来到他跟前。

兔子跟他说:"你找的那块红金子就在你身后的那个岩洞里。所以你别哭了。高兴起来吧。"

"可我如何报答你呢,"星孩说,"你瞧!这可是你第三次救我了啊!"

"不必多提,毕竟是你首先心疼我的呀。"兔子说,它转眼就跑走了。

星孩走进了岩洞,在最远的那个死角他找到了那块红色金子。他把红金子装进他的袋子,急忙朝城里赶去。那麻风病人看见他来了,站在大路中间,大声嚷叫起来,说:"快把那块红金子给我吧,要不我就死定了。"星孩听了这话又一次对他大发慈悲,把那块红色的金子白送了他,说:"你比我更需要它。"但他的心情却十分沉重,因为他知道什么厄运在等着他。

但是,瞧!他走过城门时,卫兵们点头哈腰向他行礼,说:"我们的君主多么美啊!"一群市民追随在他身后,大声嚷叫说:"这全世界都没有这么美的人啊!"星孩一听这话泪流满面,心下嘀咕道:"他们在嘲笑我,拿我的痛苦寻开心。"人群拥拥挤挤,到处都是,他迷了路,最后来到了一个大广场上,只见广场上有一座王宫。

宫殿的门开了,神父们和城里的大臣纷纷跑来迎候他,在他面前阿谀奉承,说:"你就是我们一直久候的君主,我们国王的骄子啊。"

星孩回答他们说:"我不是什么国王的儿子,只是一个可怜的要饭女人的孩子。你们怎么能说我生得美丽呢?我很清楚我的样子有多么可憎可恶!"

随后,那个身穿嵌金花铠甲、头盔上饰有带翅狮的人手持盾牌大声喊叫说:"我的君主怎么能说他不美丽呢?"

星孩看看盾里的那个人,瞧瞧吧!他的脸完全像过去一样,他的英俊又回到了他身上,他还在他的眼睛里看到了他过去不曾见过的东西。

神父们和大臣们纷纷跪下,对他说:"从前有人曾预言过,今天会有人来统治我们的。因此,快让我们的君主戴上这顶皇冠,拿上这根权杖,以我们国王的公正和慈悲来统治我们吧。"

但是他对他们说:"我不配啊,因为我不认我的亲生母亲,在我找到她,求得她的原谅之前,我是不会心安的。所以,放我走吧,我一定要再一次走遍全世界,尽管你们给我拿来这皇冠和权杖,可我不能久留此地啊。"他说完,扭过身来朝那条通向城门的街道看去,瞧!在士兵周围拥挤的人群之中,他看见了他的母亲,那个要饭女人,她身边站着那个曾坐在路边等他的麻风病人。

他高兴得大叫起来,跑了过去,跪下来亲吻他母亲脚上的伤口,眼泪都把伤口打湿了。他头顶地上的尘土,抽泣不止,诚如一个心痛欲裂的人,对她说:"母亲啊,在我春风得意时我不认你。请在我忍辱含羞时认下我吧。母亲啊,我过去给了你恨。请你给我爱吧。母亲,我当初拒绝了你。请你现在认了你的孩子吧。"但是要饭的女人一言不发。

他伸出手去,紧紧抓住那麻风病人苍白的脚,对他说:"我曾三次对你仁爱相待。劝我母亲和我说一次话吧。"但是那麻风病人一言不发。

他又抽泣起来,说:"母亲,我的痛苦使我不堪忍受啊。快原谅我吧,让我回到那森林里去吧。"这时那要饭女人把手放在他头上,对他说:"起来吧。"那麻风病人也把手放在他头上,对他说:"起来吧。"

他站起来再看他们,瞧!他们转眼间成了国王和王后了。

王后对他说:"这是你曾救助过的你的亲生父亲。"

国王说:"这就是你的母亲,你用泪水清洗了她的脚。"

他们搂住他的脖子亲吻他,把他带进了宫殿,给他穿上漂亮的衣服,把皇冠戴上他的头,把权杖放入他手中,他于是统治了这个临河的城市,成为一城之主。他对所有的市民都主持公道,施与慈悲；他把那个邪恶的魔术师驱逐出去，给那个樵夫和他老伴儿送去许多丰厚的礼物，并且对他们的孩子封官晋爵。他不准许任何人虐待鸟儿和野兽，而是教人懂得爱、亲情和仁慈；他向穷人发放面包，向衣不蔽体的人发放衣服，在他的国土上，到处一片祥和富足的景象。

然而，他统治的时候不长，因为他过去遭受苦难太多，考验他的烈火太猛，他仅仅活了三年就死去了。他身后继位的人却以恶治国。

知识链接

【文学常识】

一、作家介绍

奥斯卡·王尔德(Oscar Wilde, 1854—1900),是十九世纪爱尔兰最伟大的艺术家之一,他创造的戏剧、诗歌和童话,均属世界顶级的文学作品,随着当代世界文坛对这位英年早逝的作家的深入研究,许多颇具权威的百科全书都公认他为"才子",他"为艺术而艺术"的文学和艺术主张,让他成为唯美主义的代表人物,在世界文学史上享有特殊的文学地位。他的主要作品有:《认真的重要》和《理想丈夫》等六个剧本;一部长篇小说《道连·格雷的画像》;一封长信《自深深处》;两部童话集《快乐王子》和《石榴的房子》;几十首诗歌、十几则短篇小说和几十篇随笔。

二、作家评价

王尔德创造出了一种不承担责任的、俏皮而浑然欢快的词语的魅力。

——艾佛·埃文斯

　　王尔德的许多散文体作品的过分雕琢的风格、他的诗歌的过度精致、他的戏剧的格言体和似是而非的妙语，都是具有破坏性的。在唯美主义的名义下，它们彻底摈弃了维多利亚中期的生活和艺术方面的价值观；不仅如此，它们还大胆地激发了人们对这种差异做出的反应……王尔德的论文虽有许多矫揉造作之处，但也暗示出，在需要的时候，他可以成为一个敏感的而不只是淘气的批评家。他总是对社会章法、道德的必要性和社会陈腐思想发出问题。他很少能容忍愚蠢的人。

　　王尔德于十九世纪九十年代创作的喜剧在剧坛上的地位要确定得多。《认真的重要》的确一直享有文学经典的地位，从未受到过挑战。它大概是自《哈姆莱特》之后在英语中被引用最多的剧本，这一点可以说是对它的典范地位的确证。

——安德鲁·桑德斯

三、作品评价

　　王尔德的童话写作，遵循了一般童话中应该具备的惩恶扬善、锄强扶弱、劫富济贫以及褒美贬丑等主题，无论是悲剧类的还是喜剧类的，都有一个充满希望的结尾。他的童话的另一个主要特色，是在这些主题之外，还要深入探讨一些他自己着意探讨的问题，例如《快乐王子》，当快乐王子没有了眼珠和金叶子，成了一尊光秃秃的塑像，还美吗？世俗的眼光看来也许不美了，但是上帝认为快乐王子更美了，因为他还有一颗"铅心"，可以进入天堂。这样,作者把"心之美"和他的唯美主义联系起来进行探讨,让他的童话高出一般。又如《夜莺和玫瑰》,夜莺用心血浇灌了玫瑰树,让玫瑰花盛开,但是童话中的那个女子看不上这朵心血染成的玫瑰,却一心追求世俗的名望和物资享受,王尔德用一根刺直插一颗完美的心这样近乎残酷的表现手法,象征一种不折不扣的美,这是一般童话所没有的。《捕鱼人和他的灵魂》用童话形式探讨灵、肉、心三者之间的关系,形式新颖,内容独到。

著名作家博尔赫斯说:"千年文学产生了远比王尔德复杂或更有想象力的作家,但没有一个人比他更有魅力。"王尔德的童话的魅力,就是王尔德的魅力的最好体现。

四、关于童话

童话是一个作家试图进入儿童想象世界的体裁,温馨是童话须有的格调和氛围,惩恶扬善是童话的主旋律。童话具有神话的部分特点,与民间传说和故事有千丝万缕的联系,因此世界上大量的童话都是收集和整理而成,例如《格林童话》和《列那狐的故事》等;十九世纪欧洲各国收集和整理童话,几乎算得上一次文学运动。

英国和爱尔兰收集和整理的童话也不少,因为两个国家的历史和语言渊源甚深而相同之处颇多,其中相当部分更是欧洲大背景的,和德国、法国以及俄罗斯的童话亦有许多相似之处。

作家创作童话,安徒生可谓独一无二的标志性人物。其作品和民间收集整理的童话的形式和内容既接近又不同,创作数量很大,内容的厚度上也提高了一大块,那就是很多童话更接近现实生活中的人和事。

从原创性的角度看,王尔德的童话有别于安徒生的童话,无论形式还是内容,可以说都是世界童话里独一无二的;如果数量足够多的话,他很可能像安徒生一样,作为伟大的童话作家而名垂世界文坛。

【要点提示】

王尔德的童话,是利用童话这一体裁的特点最到位的;换句话说,他的多数童话不拘于现实生活中的逻辑,而注重童话故事和人物的逻辑。例如《快乐王子》里的王子,成了塑像后就没有生命了,却恰恰因为没有生命了才看见了人间苦难,其实这是运用西方文学里的忏悔意识,写给现实里的芸芸众生看的;这是利用童话表现更高层次的话题,引发读者的思考。有些童话和现实生活比较接近,例如《西班牙公主的生日》写小公主美丽至极,在自己的生日庆典上享受到了很多美好的东西,其中包括一个小矮人献舞。小矮人畸形丑陋,自己却不知道,跳舞热情奔放,后来在一面大镜子里看见自己丑陋的样子,自惭形秽,心碎而死。这样把美和丑直接放在一起对比,让丑给人们带来欢乐,从而暴露享受欢乐的人心里冷漠,美貌只是徒有其表,这样的童话更像一则现代派短篇小说,寓意、象征和哲理都有了,不知不觉中促成了读者的思考。还有,像《捕鱼人和他的灵魂》,探讨灵、肉、心的关系已经够深入的,可作者还要写到灵魂脱离肉体时从心灵出走,回来时却因为"爱"太伟大,灵魂再也回不到心灵里去了!多么奇妙的想象和探讨,促使读者去玄想,去思考。

【学习思考】

一、你认为"快乐王子"快乐吗?如果是你,会和他做一样的选择吗?为什么?

二、本书中一共有九篇童话故事,你认为这些故事表达的思想是一致的吗?

(苏福忠 编写)

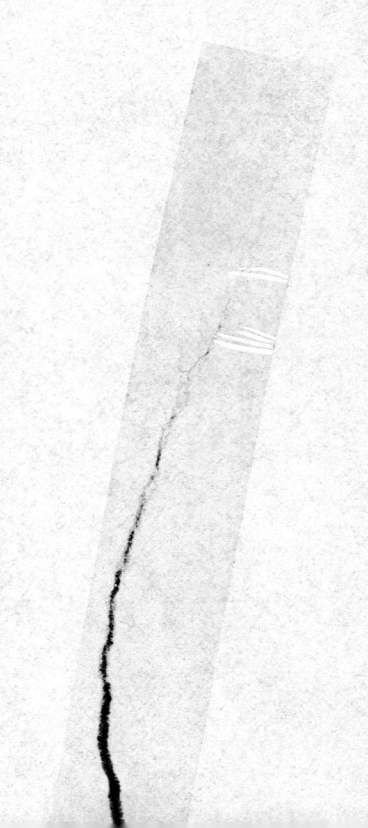